歌以言志

周毅 舒明 主编

广西师范大学出版社
·桂林·

目　录

杨　绛

忆孩时　五则

1

我曾写过《回忆我的父亲》《回忆我的姑母》,我很奇怪,怎么没写《回忆我的母亲》呢？大概因为接触较少。小时候妈妈难得有工夫照顾我,而且我总觉得,妈妈只疼大弟弟,不喜欢我。我脾气不好,女佣们都说:“四小姐最难伺候。”其实她们也有几分欺我。我的要求不高,我爱整齐,喜欢裤脚扎得整整齐齐,她们就是不依我。

我妈妈忠厚老实,绝不敏捷。如果受了欺侮,她往往并不感觉,事后才明白,“哦,她(或他)在笑我”,或

“哦,他(或她)在骂我”。但是她从不计较,不久都忘了。她心胸宽大,不念旧恶,所以能和任何人都和好相处,一辈子没一个冤家。

妈妈并不笨,该说她很聪明。她出身富商家,家里也请女先生教读书。她不但新旧小说都能看,还擅长女红。我出生那年,爸爸为她买了一台胜家名牌的缝衣机。她买了衣料自己裁,自己缝,在缝衣机上缝,一忽儿就做出一套衣裤。妈妈缝纫之余,常爱看看小说。旧小说如《缀白裘》,她看得吃吃地笑。看新小说也能领会各作家的风格,例如看了苏梅的《棘心》,又读了她的《绿天》,就对我说:“她怎么学着苏雪林的《绿天》的调儿呀?”我说:“苏梅就是苏雪林啊!”她看了冰心的作品后说,她是名牌女作家,但不如谁谁谁。我觉得都恰当。

妈妈每晚记账,有时记不起这笔钱怎么花的,爸爸就夺过笔来,写“糊涂账”,不许她多费心思了。但据爸爸说,妈妈每月寄无锡大家庭的家用,一辈子没错过一天。这是很不容易的,因为她是个忙人,每天当家过日子就够忙的。我家因爸爸的工作没固定的地方,常常调动,从上海调苏州,苏州调杭州,杭州调回北京,北京又调回上海。

我爸爸厌于这类工作,改行做律师了。做律师要有个事务所，就买下了一所破旧的大房子，妈妈当然更忙了。接下来日寇侵华，妈妈随爸爸避居乡间，妈妈得了恶疾，一病不起，我们的妈妈从此没有了。

我想念妈妈，忽想到怎么我没写一篇《回忆我的母亲》啊？

我早已无父无母，姊妹兄弟也都没有了，独在灯下，写完这篇回忆，还痴痴地回忆又回忆。

2

我三姐姐大我五岁，许多起码的常识，都是三姐讲给我听的。

三姐姐一天告诉我："有一桩可怕极了、可怕极了的事，你知道吗？"她接着说："每一个人都得死。死，你知道吗？"我当然不知道，听了很害怕。三姐姐安慰我说："一个人要老了才死呢！"

我忙问："爸爸妈妈老了吗？"

三姐说："还远没老呢。"

我就放下心，把三姐的话全忘了。

三姐姐又告诉我一件事，她说："你老希望早上能躺着不起床,我一个同学的妈妈就是成天躺在床上的,可是并不舒服,很难受,她在生病。”从此我不羡慕躺着不起来的人了,躺着不起来的是病人啊。

老、病、死,我算是粗粗地都懂了。

人生四苦:生老病死。老、病、死,姐姐都算懂一点了,可是“生”有什么可怕呢?这个问题可大了,我曾请教了哲学家、佛学家,众说不一。我至今该说我还没懂呢。

3

我最早的记忆是爸爸从我妈妈身边抢往客厅。爸爸在我旁边说:“我带你到客厅去见个客人,你对他行个鞠躬礼,叫一声‘太先生’。”

我那时大约四五岁,爸爸把我放下地,还搀着我的小手呢,我就对客人行了个鞠躬礼,叫了声“太先生”。我记得客厅里还坐着个人,现在想来,这人准是爸爸的族叔(我称叔公)杨景苏,号志洵,是胡适的老师。胡适说:“自从认了这位老师,才开始用功读书。”景苏叔公经常与爸爸在一起,他们是朋友,又是一家人。

我现在睡前常翻翻旧书，有兴趣的就读读。我翻看孟森著作的《明清史论著集刊》上下册，上面有锺书圈点打“√”的地方，都折着角，我把折角处细读，颇有兴趣。忽然想起这部论著的作者名孟森，不就是我小时候对他曾行鞠躬礼，称为“太先生”的那人吗？他说的是常州话，我叔婆是常州人，所以我知道他说的是常州话，而和爸爸经常在一处的族叔杨志洵却说无锡话。我恨不能告诉锺书我曾见过这位作者，还对他行礼称“太先生”，可是我无法告诉锺书了，他已经去世了。我只好记下这件事，并且已经考证过，我没记错。

4

一九一九年“五四运动”，现纪念为青年节。当时我八岁，身在现场。现在想来，“五四运动”时身在现场的，如今只有我一人了。当时想必有许多中外记者，但现在想来，必定没有活着的了。作为一名记者，至少也得二十岁左右吧？将近一百二十岁，谁还活着呢？

闲话不说，只说说我当时身经的事。

那天上午，我照例和三姐姐合乘一辆包车到辟才胡同女师大附属小学上课。这天和往常不同，马路上有许多身穿竹布长衫、胸前右侧别一个条子的学生。我从没见过那么高大的学生，他们在马路上跑来跑去，不知在忙什么要紧事。当时我心里纳闷，却没有问我三姐姐，反正她也不会知道。

下午四点回家，街上那些大学生不让我们的包车在马路上走，把我们赶到阳沟对岸的泥土路上去了。

这条泥土路，晴天全是尘土，雨天全是烂泥，老百姓家的骡车都在这条路上走。旁边是跪在地上等候装货卸货的骆驼。马路两旁泥土路的车辆，一边一个流向，我们的车是逆方向，没法前进，我们姐妹就坐在车里看热闹。只见大队学生都举着小旗子，喊着口号："打倒日本帝国主义！""抵制日货！""坚持到底！""劳工神圣！""恋爱自由！"（我不识"恋"字，读成"变"。）一队过去，又是一队。我和姐姐坐在包车里，觉得没什么好看，好在我们的包车停在东斜家附近，我们下车走几步路就到家了，爸爸妈妈正在等我们回家呢。

5

张勋复辟是民国六年的事。我和民国同年，六岁了，不是小孩子了，记得很清楚。

当时谣传张勋的兵专要抢劫做官人家，做官人家都逃到天津去，那天从北京到天津的火车票都买不到了。

但外国人家门口有兵看守，不得主人许可，不能入门。爸爸有个外国朋友名波尔登（Bolton），爸爸和他通电话，告诉他目前情况，问能不能到他家去避居几天。波尔登说："快来吧，我这里已经有几批人来了。"

当时我三姑母（杨荫榆）一人在校（那时已放暑假），她心上害怕，通电话问妈妈能不能也让她到波尔登家去。妈妈就请她饭后早点来，带了我先到波尔登家去。

妈妈给我换上我最漂亮的衣裳，一件白底红花的单衫，我穿了到万牲园（现称动物园）想去哄孔雀开屏的。三伯伯（编注：即前文所说的三姑母，姑母旧亦呼伯伯）是乘了黄包车到我家的，黄包车还在大门外等着我们呢。三伯伯抱我坐在她身边，到了一个我从没到过的人家，熟门熟路地就往里走，一手搀着我。她到了一个外国人的书房里，笑着和外国人打了个招呼，就坐下和外国人说外国话，一面把我抱上一张椅子，就不管我了。那外国人有一部大菱角胡子，能说一口地道的中国话。他说："小姑娘，今晚不回家了，住在我家了。"我不知是真是假，心上很害怕，而且我个儿小，坐椅子上两脚不能着地，很不舒服。

好不容易等到黄昏时分，看见爸爸妈妈都来了，他们带着装满箱子的几辆黄包车，藏明（我家的老佣人）抱着他宝贝的七妹妹，藏妈（藏明的妻子）抱着她带的大弟宝昌，三姐姐搀着小弟弟保俶（他的奶妈没有留下，早已辞退），好大一家人都来了。这时三伯伯却不见了，跟着爸爸妈妈等许多人都跑到后面不知哪里去了，我一人站在过道里，吓得想哭又不敢哭。等了好一会，才看见三姐姐和我家的小厮（"小厮"就是小当差的，现在没什么"小厮"了）阿袁来了。三姐姐带我到一个小院子里，指点着说："咱们住在这里。"

我看见一个中国女人在那儿的院子里洗脸，她把洗脸布打湿了，把眉毛左右一分。我觉得很有道理，以后洗脸也要学她了。三姐姐把我衣角牵牵，我就跟她走进一间小小的客厅，三姐姐说："你也这么大了，怎么这样不懂规矩，光着眼睛看人，好意思吗？"我心里想，这种女人我知道，上不上，下不下，是那种“搭脚阿妈”，北京人所谓“上炕的老妈子”，但是三姐姐说的也不错，我没为自己分辩。

那间小客厅里面搭着一张床，床很狭，容不下两个人，我就睡在炕几上。我个儿小，炕几上睡正合适。

至于那小厮阿袁呢？他当然不能和我们睡在同一间屋里，只好睡在走廊栏杆的木板上。木板上躺着很不舒服，动一动就会滚下来。

阿袁睡了两夜，实在受不了了。而且伙食愈来愈少，大家都吃不饱。阿袁对三姐说：“咱们睡在这里，太苦了，何必呢？咱们回家去多好啊！我虽然不会做菜，烙一张饼也会。咱们还是回家吧。”

三姐和我都同意。回到家里，换上家常衣服，睡在自己屋里，多舒服啊！

回了家，阿袁一人睡在大炕上，空落落的大房子，只他一人睡个大炕，他害怕得不得了。他打算带几张烙饼，重回外国人家。

忽然听见“噼噼啪啪”的枪声，阿袁说：“不好了，张勋的兵来了，还是回到外国人家去吧。”我们姊妹就跟着阿袁逃，三人都哈着腰，免得中了流弹。逃了一半，觉得四无人声，站了一会儿，我们就又回家了。爸爸妈妈也回家了。他们回家前,问外国人家我们姊妹哪儿去了,外国人家说,他们早已回家了。但是后来爸爸妈妈才得知我们在张勋的兵开枪时正在街上跑。那是最危险的时刻呀,我们姊妹正都跟着阿袁在街上跑呢。爸爸很生气,阿袁为了老爷教他读书识字,很苦恼,很高兴地离了我们家。

黄永玉

清流绝响

苗子兄死了。

我听见噩耗之后很从容镇定，凝重了几秒钟，想了想他温暖微笑的样子……

意大利、西班牙那边的人死了，送葬行列肃立鼓掌欢送，赞美他一辈子活得有声有色，甚至辉煌灿烂。听说往时河北省一些地方，老人家死了，也是像闹新房一样热闹一场，讲些滑稽的话，真正做到了“红白喜事”那个“喜”的意思。

地区有别，时代也不同了，换个时空，这种做法使用不当很可能酿成天大祸事。

苗子兄死了，成为一道清流绝响。上世纪三十年代漫画界最后一个人谢幕隐退了。

苗子兄的第一幅漫画作品发表在一九二九年，十六岁。我一九二四年生，那时五岁，没眼福看他那第一幅画。一直到抗战胜利后的一九四七年，我在上海刻木刻，懵懂过日子，接到苗子、郁风兄嫂他们两位从南京发来的要求收购我木刻作品的书信之后，才认真地交往起来。那时我二十三岁，他们也才三十二三岁，六十五六年前的事了。

十六岁的孩子可以哄抱五岁的孩子，三十二三岁的青年跟二十二三岁的青年却成为终身知己。

跟他们两位几十年交往，南京、上海、香港，最后几十年扎根北京，四个大字概括——

“悲、欢、离、合”。

他自小书读得好，字写得好，因为跟的老师邓尔雅先生、叶恭绰先生……了得。我哪谈得上学问？我只是耳朵勤快，尊敬有学问的人。

我觉得自己可能有一点天生的“可爱性”，向人请教、向人借书，人家都不拒绝。藏书丰富且爱书如命因之“特别小气”的唐弢先生、叶灵凤先生、阿英先生、常任侠先生、黄裳老兄、苗子老兄、王世襄老兄，对我从来都是门户开放、大方慷慨，甚至主动地推荐奇书给我、送书给我（黄裳兄送过明刻家黄子立、陈老莲的《水浒叶子》和《宝纶堂集》……）。苗子兄的书库等于我自己的书库，要什么借什么，速读书卡片一借就是三月半年，任抄任用，包括拓片画卷（王世襄兄多次亲自送明清竹根、竹雕名作到大雅宝胡同甲二号来，让我“玩三天”“玩一礼拜”……）。

这种信任，真是珍贵难忘。

〇六年中秋，苗子、郁风兄嫂到凤凰玉氏山房来。郁风老姐告诉我，这两年重病期间，“肚子里凡是女人的东西都被取走了”。其时她脖子上还有创口没拆线，随行的客人中有一对医生夫妇。

在玉氏山房，郁风老姐说什么我们都听她的。

“给我画张丈二……”

好，丈二就丈二，纸横在画墙上，上半部画满了飞鹤。她说：“留了空好，回北京我补画下半张……我们全家还要来凤凰过春节！”

中秋，几十个凑热闹的本地朋友一起欣赏瓢泼大雨，还填了词。我一阙，苗子兄和了一阙。

天气转好的日子，还到我的母校岩脑坡文昌阁小学参观。我请了几顶“滑竿”抬他们，回来时，她居然把“滑竿”辞了。

她说:“这学校风景世界少有!”

“当然!那还用她说?”我想。

回北京不久她又进医院,死了。

郁风大姐跟苗子老兄不一样——爱抬杠!而且大多是傻杠。有时弄得人哭笑不得,有时把人气死。怪不得有次苗子兄说:“哪位要?我把她嫁了算了!”

郁风大姐自从变成老太婆以来,是个非常让人无可奈何的“神人”。有一年在我家的几十人的聚会上,交谈空气十分和谐融洽,临散席时,一位好心朋友对郁风大姐说:“以后有什么事需要帮忙,可以打电话给我。”猜猜这位老大姐如何回答?“唉,算了!你都下台了,还帮什么忙?”(老天爷在上,这是原话。)

好心朋友是诚恳的,郁风大姐也不伪善。

全场鸦雀无声。

谁想得到,翻回几十页历史去看我们这位大姐——做过多少严密审慎大事,经历过多少需要坚毅冷静的头脑去对付的磨难,一九三六年长征她还是干部……天晓得她干过什么事,说的话却像刚从子宫里出来。

苗子兄东北劳改四年半,秦城监狱七年半,共十二年。一生重要的十二年就这么打发了。

去年八月间,毛弟把他从医院送到万荷堂来吃了一顿饭，不单吃相可人，我还认为他不久就能从医院回家。

饭后我们还大谈了一番人生，又提到画画的老头剩下不多了。他还说："你算不得老！"我连忙接着说："当然！当然！你十六岁发表作品时，我才五岁。你肯定是前辈。"

又提到眼前只剩下许麟庐、他、我三个人了。（恐怕还有几个，只是说不清楚……）吃过饭，坐毛弟的车走了。第四天，许麟庐兄去世。我还打电话："喂，许麟庐没了，剩下咱们俩了！"

他笑："哈！哈！哈！"

苗子兄对学问、对过日子、对人都是那么从容温润，所以他能活到一百岁。

对世界，他不计较。

从秦城监狱放出来第二天我去看他，见面第一句话他是笑着说的："你看，你看！搞了我七年半。"

记得抓走他两口子的那天上午，我从牛棚扯谎"上医院"，在东单菜市场买了条尺多长的鲜草鱼到芳嘉园去。一进门，光宇的夫人张妈妈看见是我："哎呀！你还来？两个刚抓走——你快走，你快走！"

我问："孩子冬冬呢？"

"我管看！我管看！你快走！快走！"

“四人帮”覆灭之后，被烟熏火燎所剩无几的“蚁群”又重新聚成残余队伍。这零落的队伍中，有的没过上几天好日子，没笑上几声就凋谢了。浅予没有了，丁聪、郁风和苗子赶上了好时候，算是多活了几年。

苗子脾气和顺、闲适，宠辱不惊，自得其乐，连害病都害得那么从容。躺在医院几年，居然还搞书法送人，做诗与朋友唱和。

一个人怎么可以达到这种境界呢？可能是从小得到有道德、有学问的长辈熏陶，加上青年时代的运气和敏慧，吴铁城、俞鸿钧诸人的提携，兼且本身就素质优良，做了大官没有冲昏头脑，没有腐化堕落，常年与书为伴，懂得上下浮沉的因果关系的缘故。解放后，面对没因由的坎坷的那种从容态度，不是普通人能有的，所以说“仁者寿”。

苗子兄也有很多很多好笑的地方。他的出生、学识、经历，自小都浮在文化和政治的上层（东北劳改四年半除外），说来说去这可算是一种特殊的“纯洁”。我和他不一样，自小就没有受过严格端正的教育，靠自己哺育自己，体会另外半个世界的机会比他丰富。他清楚这一点，正如孔夫子说过的：“吾生也贱，故多能鄙事。”

手工艺方面不用说。我帮他用葡萄藤做过一把大紫砂壶的高提梁，帮他在铜镇尺上腐蚀凸出的长联书法，他都惊叹我为“神人也”。就拿一般的生理常识，他也是一窍不通，幼稚得无以复加。

有个下午忽然接到他的电话：

“永玉，我问你一个问题，什么叫‘乳沟’？”

我说：“你干嘛不问郁风？”

又有一年冬天，忘了是晚上还是白天，他来电话：

“永玉，怎么我的睾丸不见了？”

我了解这个问题，我在农村劳动有过这种经历：

“天气冷，躲到肚子里头去了。”

“哦！哦！”

六十年代我住在北京站罐儿胡同的时候，某一个月的月底，他笑眯眯地走进屋来：“月底，没有钱了吧？呐，这里有五块钱。哈、哈、哈……”

见鬼！哪个叫他来的？

一切都过去了，我们这帮老家伙剩下不多了。

对于苗子兄的一生，觉得他有一件大事没有做。他“王顾左右而言他”，他来得及的时候没有做（比如从秦城监狱出来的时候，他常跟人作诗唱和，认为十分有趣开怀，其实浪费了情感和光阴），甚至根本没有意识到应该做，也或许早已意识到该做而为某种戒律所制约而没有做——那就是写一本厚厚的、细细的回忆录。

不写回忆录而东拉西扯一些不太精通的茶、烟、酒的东西干吗？这类材料电脑一按，三岁小孩都查得到，何必要你费神？你一不抽烟，二不喝酒，三不擅茶。可惜了……

你想，儿时广东的文化盛景，尊人跟叶恭绰、邓尔雅诸文士们的交往活动，有多少写多少，会是多么有益于后代的文献！

后来在上海，文化界的活动，漫画界诸人——张光宇、曹涵美、张正宇三兄弟，还有黄文农、叶浅予、陆志庠、高龙生、汪子美、黄尧、蔡若虹、华君武、张英超，以及后来的张文元、特伟、廖冰兄……诸人的活动，文化界重要的"孟尝君"——邵洵美，还有电影界的那一帮老熟人——王人美、赵丹、金山、顾而已、陈凝秋、金焰、白杨、陈燕燕、唐纳、高占非、魏鹤龄、阮玲玉……在你，都是熟到家的朋友。接下来写你的官运旅程，吴铁城、张学良、俞鸿钧、蒋介石、戴笠、王新衡、宋美龄……还有以后的重庆生活，毛泽东、周恩来、叶剑英、董必武……还有一些特殊的朋友，潘汉年、夏衍、唐瑜……包括杨度、杜月笙、黄金荣、蒋经国……

串在一起的大事，零零碎碎的小事，没有人有你的条件,有你的身份,有你的头脑,有你的记忆力和才情。这会是一部多么有用的书,多么惹人喜欢的书！多么厚厚的一部重要的历史文献……

你看你看！你不抱西瓜抓芝麻。你看你居然就这样死了……

金宇澄

马　语

“世上没别的动物，有马那样高大而温良。”——这话不记得是谁说过的。

儿时的上海淮海路，还看得到马的活动——有人带它们卖马奶，现卖现挤。吊有铃铛的马儿叮叮当当，代替走街穿弄的吆喝。

以后我曾充当三年马夫，每夜静听它们不倦地嚼草。这种动物都是夜神仙，双目同狼眼那样发绿，在槽旁闪耀。它们整夜需要进食，啃槽板，与邻不睦，便溺（排尿的动静，如大号龙头放水）。可怜马夫每夜数遍起身添草。空气臊浊不堪，只嗅到一点豆秸、三菱草那种切碎的秋天野花的气味。

牛能够喝泥汤，吃干净草料；马则反之，饮水必须干净，但进食马虎。因此过去对马草检查很严，也听说有人故意把铁钉、钢针撒在草料里的事。

难以理解马的睡眠，它一生就这样日夜站立着，没有完整的睡时，一闭眼算一觉。把它拴在邮局门口或者一棵白桦树上，有时它低下头，闭上眼睛，下唇逐渐垂耷，这是它深度睡眠的标志。

也有时，能看出马在这样的短寐中想事，以致下身逐渐夸张，逐渐自信而坚定，显现出造化的神奇。有一位上海小女生因此问马夫，马脚间的小腿样子的东西，是什么？马夫挠挠脑袋，君子样回答说：恐怕就是小腿，它有第五个腿。这个说头固然可以，但搅乱了对方本就有限的自然常识。

没有想到的是，如此纯真的学生妹，以后担当了令人惊讶的工作，被培养为重要的马医生和配种能手。检查母马内部，可以拨开马尾，整条玉臂伸到里面进行深度探索，或者把死胎系到电线杆上，牵住母马无畏地往外拉。

目下女生们所从事的，是乖张的科学繁殖工作。以巨大的公马对应纤足丰臀的母马，与其说是较困难的科技攻关课题，毋宁说是人作弄动物的一个圈套——将小母马置身于一个结实的木架之内，它闻得附近雄马的气味，立刻亮出迷马的姿态，实际它只是摆在公马胯前的一种性引诱，俗称“马媒子”。十分钟左右，公马渐渐耐持不住，终于溃决，一腔精华悉数收于假性器终端的小保温瓶里。生命仪式，就这样草草落下帷幔。公马被领回厩里，享用一桶混合着二十枚鸡蛋、一瓶椴树蜂蜜、三斤黑豆粉加干草的美食；而那匹被侮辱被损害、毫无快意的失落母马，则回到母马群里，等待它的，将是宁静冰凉的集体人工授精，以及漫长的坐胎产子。母马本年度极短暂的发情期，就这样没有温度地结束了。

草原上乌云永远追逐白云，马驹永远紧跟母马，关于后者，你时常感喟人类的无情。如果母亲被役使九十里，马驹便跟随九十里，一路它不时撒欢，追逐小鸟和蝴蝶，离开母亲玩出很远很远，然后箭一样回来跟随着车队。雪暴寒天，马驹已能从僵硬复杂的挽索中，熟练地寻觅到母亲的乳头，母子披挂白霜，如冻胶凝成一块。在无月之夜，马驹之眼和母亲的一样放着绿光，特别明亮温和。它同样能跟住车队，跑得飞快。

正因有这样优秀的视力，马眼容易损伤变瞎，这是它和其他动物不同的地方。如果受了鞭伤、情绪波动、内分泌失调，或者急火攻心，马眼就瞎了，这是马的刚烈所在。曾见三名车夫将一马打到皮开肉绽，股腿流血，打断了皮鞭和镐柄，因它做错了事，当夜它就失明了。医生说是它内心不平，心火上攻的缘故。在马群聚居的地方，你经常可以看到瞎马的存在，它们仍在矿洞和平原拉车或者拖碾，仍被人深度重复利用，一直到死。

马的敏捷高贵、羞怯多动的品行，使主人爱恨交织，在它们身上的期望也就更多、更为复杂，可以说它是人世间最昂贵也最卑贱的活财产。无论是良驹还是杂毛，通常在两岁上下，为了区分其所有者，会在左股烙火印，比如“寅531”“B0029”，浑如车牌，然后阉割，钉掌，戴口嚼，接受鞍轭。处于发情期的三岁公马，有害群之马之说，会相互踢打，啃掉人的手指。如嗅着十里外的发情母马，即使拖拉几吨石块砖瓦的车辆，它也将四蹄生风去相亲，力拔山气盖世，连身带车，乌云压顶一样上去造爱，酿成多少惨剧。

惯常的计算，我们以固定的“马力”为单位。发动机在汽缸活塞的机械运作中，产生核定的力量，一分不多，一分不少。马的血肉之躯，另有精神层面的激励元素，有张力、癫狂和丰富的戏剧意味。

为了人类的安全，公马一般必须阉割。通常马厩在春天雇三四名蛮夫，缚倒马匹，割开阴囊，不麻醉，切出睾丸，结扎精束，囊内撒消炎粉。马的第一反应是疼痛难当，伏地颤抖，但必须强制它起来，伤口触到泥地，会感染而死。必须迫使它立刻行走，这一走，就是走一个整月，不分昼夜，不避风雨，除了吃草，要它日夜跋涉，不得停留。在晚春，你可以看到十匹或十数匹经过这样手术的太监马在行走，一二名马夫日夜督驾，每匹马身压百余斤重的沙袋——手术后马背容易上拱而报废。因为体内还残留有睾丸素，路遇母马，它们还能有情绪上的种种冲动，但到月末，这点反应也消失了。这种景象，是比较惨的。

春天于城市人，是更衣赏花之时，也是勤于备考、发帖子及作诗的季节，真正所谓万物自然之萌动，只是乡间消息——大小动物纷纷行动起来。要说壮观无畏、浪漫激情，也许是马。作为一名马夫，当年有幸看到四五百匹发情母马，冲破畜栏，长驱一百二十华里，来到笔者所在的地盘。乡人一见惊跌道：天呢，可了不得！是某军马场良种，一律都三岁口，如何是好！每一匹母马，毛色绸缎般华美炫目，眼神温情清澈，活泼勇敢，臀尾湿及后蹄，并无羞愧之色，耳似削竹，腰若枕玉，四肢修长，步态婀娜。良驹的大批抵临，等同上天掉馅饼，小农思想立刻泛滥，民众纷纷抢上去夺马，立刻马乱人哗。显然，此地是有浓烈的公马气味，才招致这个局面。于是人追马，马避人——它们直奔公马处去，只要有公马在，不管丑陋高矮，立刻近拢过去，静如处子，做驯然雌伏状，只等造爱。饱受压抑凌辱的本地劣等杂牌公马，哪见得这等目不暇接、绯靡豪华的世面！当下方寸大乱。

如此混乱的场面里，马夫目睹一头几近老死的公马渐渐还阳起立。它瘫卧枥草经年，双目失明，有重症关节炎，蹄甲久不修铲，但是大量异性的气味是强心剂，它慢慢咸鱼翻身，用尽全身的精气，挪到母马的位置上，完成了它这辈子最后一桩要紧的性事。

三天后，马场来人，把母马们赶了回去。这些被外界污染的美丽动物，据说都会立刻被处理掉。马场的检疫非常严格。

马在奔跑时，如果踩进了草原鼠洞，腿胫骨立刻折断，非常悲惨，有如足球前锋被铲折脚踝，基本是完了。在西部电影里，通常是主人对准马脑，当头一枪解决，以速减其苦。当本地发生马断腿事故时，恰逢来了一位新疆客，他认为马肉和内脏是好东西。在乌鲁木齐，谁都知道“马肠”——在马肠中灌入肥瘦的调味马肉，鲜美无比。据说一匹马全部的大小肠，正好能装进它的两条后腿肉。于是，断腿马被绑到电线杆上，请雇来的屠夫用开山斧砍掉马头。乡下屠夫做事有一套辞令，杀每头牛或者羊时，都对它们单独说一番请求理解的话，比如："雷声响(呀么)雨点到。日头西就刺骨寒。人不吃，我不宰……"每聆此咒，羊顺命沉默，牛也不再滴泪，紧咬住舌条，逐一受死。屠夫拖着围裙，气沉丹田，青锋直攮命脉。但这次要杀一匹痛得发抖的大型单蹄动物，超出了屠夫的所有经验，工具也不称手，整个过程慌乱鲁莽，惨不忍睹——并且，遗忘了最重要的"临终祷告"。

虽然很多年过去了，那个被砍下的马头，有时还会出现在我这个前任马夫的记忆中。以后，遥远的马头和《教父》的几个段落逐渐重合起来——段落一：教父唐·科里奥尼拜访电影老板府上，请求帮助；段落二：电影老板陪教父游园，看私人马厩、名马，最后拒绝教父的请求，教父告辞；段落三：第二天清晨，电影老板在朦胧中摸到一个沉重粘稠的对象，借着微光他发现，这张他容留过多名雏妓的椭圆巨床上，出现了一个马头，才被砍下，在朝曦中它还温热——竟然是他最引以为傲的那匹无价名马的马头，他一把搂住血淋淋的马头，失声痛哭起来。

时隔二十载，我从虹桥机场的行李房里，收取到一份友人的礼物，它们被装在一个大纸板箱子里。打开箱盖,如当年打开断腿马腹腔所见的生理情景一样,箱内盘踞了九曲十八弯、绵延不绝、细至鸡卵、粗若碗口的马肠。友人在电话里说,不要大惊小怪,这是他那里的地方特产“美味马肠”。这是几乎按照自然肠道的色泽和自然态势灌装的一种肉制品,颜色灰白,带着一块块的黄斑,黄色是马的脂肪,灰色是马的瘦肉。作为一名曾经的马夫,我对这些久闻其名的原生态食品,有点回不过神来。友人说:这肯定是美味,一定要尝!他个人掌握着大量的马肉资源,正准备与东部一家火腿肠企业合营,推出马肉火腿肠。如今年轻人喜欢奇异的美食,喜欢蜥蜴、蛇蝎、毒蜘蛛,你算一算,要是他们每人买上一根,是多少?

马的回忆,到此告一个段落。

动物的定义,诸位可以去翻看国人撰写的动物辞条,结尾均有“皮可制革,肉可食用,骨可制胶”之句。提到它们的名声,数狗与脏话最密不可分,马虽混了许多绝妙好辞,却基本形同虚设——它永远隶属于劳苦阶级。城市人现在只想要狗和汽车,西方人梦想私家马匹。但愿有这一天,你会把别墅的汽车间改造成为马厩,并且每月预订干草和燕麦。喜狗的城里人士会霍然明白:原来马或骡子,也是另一类可供他们自由支配的动物。

李　娟

在阿克哈拉

1

羊群远离广阔荒凉的南戈壁是多么幸福的事情！渡过乌伦古河后，它们将会在额尔齐斯河南岸温暖的丘陵地带停留整整一个月的时间。四月的季节里，阿尔泰山南麓春牧场的青草刚刚冒出头，羊在大地上深埋脸庞，仔细地啃食眼前的一抹淡淡绿意，缓缓移动。很久很久后它抬起头，发现自己在这寂静空旷的群山中已是孤零零的一个——不知从什么时候失群了。它四处寻找伙伴，又爬上光秃秃的山巅，站在悬崖上四面眺望。大地起伏动荡，茫茫无涯。后来时间到了，它开始生产。

新出生的羊羔发现自己也是孤零零的一个，它站在广阔的东风中，一身的水汽被吹干后，陡然长大了许多。母亲带着孩子没日没夜地在群山间流浪，有羊群远远经过时，就停下冲那边长久张望、呼唤。不是自己的伙伴，仍然不是。

而前去找羊的骑马人在半途遇上了沙尘暴，昏天暗地。他策马在风沙中一寸一寸摸索行进，直到马再也不愿意往前走一步。满天满地都是风的轰鸣声，世界摇摇欲坠。他下了马，牵着缰绳顺着山脚艰难顶风而行，实在走不动了时，便侧过脸靠在石壁上勉强撑住身子。一低头，他看到脚边深深的石缝里有四只明亮温柔的眼睛。

告别寒冷空旷的冬牧场应该是快乐的事吧。做一只春羔看上去也是那么幸福，能够降生在温暖又干燥的春牧场的话，白天里被太阳烤得热烘烘的，柔软的小卷毛喜悦地膨松着，黑眼睛那么美，那么宁静，夜里则和小朋友们挤在一起，紧紧蜷着身子，沉入平安的睡眠中，深深地、浓黏地成长。不远处的星空下，母亲静默跪卧着，头朝东方，等待天亮。

卡西家养了一群花里胡哨的羊。赶羊的时候，远远看去跟赶着一群熊猫似的。

其实，大羊们都还很正常，都是纯种的阿勒泰大尾羊,不是浅褐色的,就是深棕色的。但是小羊们……就很奇怪了。

共两百来只羊,大羊约一百二十只,小羊七十多只。在小羊中,有二分之一是白色羊,四分之一是黑色羊,剩下的四分之一是棕褐色羊。其中白色羊里有五分之一长着黑屁股,五分之一则半边屁股黑半边屁股白,剩下五分之一是“奶牛”,五分之一是“熊猫”,最后的五分之一里黑脖子与黑额头的大略对半。至于黑羊,约有一半戴了白帽子,剩下的一半中,又有一半是阴阳身子,前半截漆黑,后半截雪白,像嫁接的一样,其他的则全是小白脸。而花哨得最为离奇的则是那群棕褐色的羊羔:有褐身子白腿的;有浑身褐色四个小蹄子却是黑色的(像穿了黑皮鞋);有深色脚踝上绕了一圈浅色毛的(像缠了一圈创可贴);另外还有三条腿是深色,一条腿是浅色的;有的浑身都没什么问题,就是脖子上系了根雪白的餐巾——相当标准的倒三角形;还有的屁股上被谁踢了两脚似的印着两团脚印形状的深色斑块;还有的浑身纯褐色毛,就后腿两个小膝盖上有两小撮耀眼的白毛;更多的则干脆像被人拿排刷蘸了颜料左一笔右一笔胡乱涂抹过一通似的,花得毫无章法可言。

当一只安静的浅棕色羊妈妈幸福地哺乳一只黑白

花的小羊羔时……一般来说，白羊生白羊，黑羊生黑羊，白羊和黑羊生黑白花羊。可是，棕色的羊妈妈又是怎么生下黑白花的宝宝呢？

估计是品种改良的结果，传统地道的阿勒泰大尾羊越来越少了。

大羊和小羊一定要分开牧放的。可可在我家毡房驻扎的山坡东侧，用旧的房架子围搭了一个简易的羊圈，简单地蒙了些破毡片挡风。每天晚上只赶小羊入圈，大羊就会在羊圈外守着，一整夜一步也不离开。每天早上，得先把大羊赶走很远很远，一直远得一时片刻回不了家为止，这才把小羊放出来往相反的方向驱赶。大约中午时分，母亲们惦记着给孩子哺乳，就会急急忙忙往家赶。而那时孩子也开始馋奶水了，不知不觉扭头走向来时的路。这样，母亲们和孩子们就会在我们毡房外下方那片倾斜的巨大空地上汇合。

当母亲们和孩子们汇合——我第一次看到那种情形时，简直给吓坏了！目瞪口呆、双手空空地站在荒野中，简直无处藏身——发生什么事了？我骇得连连后退。群山震动，“咩”叫轰天！群羊奔跑的“踏踏”声震得脚下的大地都忽闪忽闪的。尘土从相对的两座山顶弥漫开来，向低处滚滚奔腾。烟尘之中，每一个奔跑的身影都有准确的、毫不迟疑的目标，每一双眼睛都笔直地看到了孩子或母亲。它们不顾一切，整个山谷都为之晃动，如同已经离别了一百年似的，惊狂的喜悦啊……

一开始，我还以为是场面失控了，以为它们预感到了某种即将暴发的自然灾害，以为它们在被什么大兽追赶。地震了吗？狼来了吗？吓得我大喊："妈妈！"又大喊："卡西帕！"但没人理我。两支羊群猛地撞合到一起后，母亲急步走向孩子，孩子奔向属于自己的乳房。遍野的呼喊声慢慢沉淀下去，尘土仍漫天飞扬。

最后只剩唯一的一个水淋淋的小嗓门仍焦急地穿梭在烟尘沸腾的羊群中。它的母亲昨夜刚刚死去。

我站在沼泽边的乱石堆里远远看着这一幕壮烈的相会，头盖骨快要被掀开一般，某种巨大的事物轰然通过身体，而身体微弱得像大风中的火苗。

这样的相会，尽管每天都会有一次，但每一次都如同一生中唯一的一次一般。

2

虽然比起冬天来宽裕从容多了，但春天仍是紧紧巴巴的季节。好在天气强有力地持续温暖着，青草在马不停蹄地生长。水草不好，牛奶产量便不高，加之小牛们的陆续出生，我们的茶里很久都没添过牛奶了。日常生活中省去了一早一晚挤牛奶这项繁重劳动后，时光基本上算是很悠闲的。妈妈三天两头和阿勒玛罕姐姐约着去额河南岸的亲戚家串门拜访，家里只剩我和卡西带着两个根本不需要带的孩子看家。

就在这样的一天里，大人都不在家，一只黑色的羊羔死去了。

我问怎么死的。卡西淡淡地说不知道。

是啊，谁会知道呢？谁知道一只小羊羔最后时刻都感知到了什么样的痛苦呢？之前我们两个人都不在，两个孩子在小羊圈里发现了奄奄一息的它。他们把它抱到家门口，蹲在它的面前，目睹了它渐渐死去的全部过程。可是，他们什么也说不出来。等我们发现时，羊羔已经完全断气了。两个孩子抚摸着它，双手捧着它微睁着眼睛的小脑袋，捏着它的小蹄子拉啊扯啊的，冲它喃喃低语。那情景，与其说是在把它当成一件玩具来玩耍，不如说作为伙伴在安抚它。都过了很久以后，他俩仍围着小羊的尸体摆弄个不停，以为它很快会醒来。

我很难过，此时乳房胀满乳汁的羊妈妈肯定还不知道已经永远失去了宝宝,从今天黄昏到今后的很长一段时间里,它将不停地寻找它。

但卡西没那个闲心难过,她总是把自己搞成全家最忙碌的那一个。她开始准备打馕,面已经揉好,醒了一个多小时了。

我掐指一算,旧馕还有七八个,我们一家四口再吃三天才能吃得完。等把旧馕吃完了,此时打出来的新馕也相当遗憾地变成旧馕了。真是,为什么不再缓一两天呢?

新烤出来的热乎乎香喷喷的馕不吃,却一定要吃旧的,真是令人伤心。因为这样的话,生活中就一直只有旧馕可吃。

但再想一想,要是先吃新馕的话,当时是很享受啊,但旧馕怎么办呢?吃完新馕,旧馕就更坚硬更难下咽了,不吃的话又有浪费粮食的罪过。这好比把好的日子全透支了,剩下的全是不好的日子。但如果能忍住诱惑,就会始终过不好不坏的日子。

那为什么不边打新馕边吃呢?对游牧家庭来说,那样就很容易接不上茬。馕要有所储备,不能统统吃完后临时再打。那样不但有可能会在平顺的日常生活中出现手忙脚乱的情景,若遇到来客的话更狼狈失措,让人笑话了——连现成的馕都没有，这日子怎么过成这样？这家女主人也太不会经营打理了！

馕一次性就要烤够三四天的，如有要招待客人的计划或搬家，则会一口气打得更多，应付一切突发情况。

在城里，街上卖的馕是用大桶状的馕坑烘烤出来的。打馕师傅全是男的，天大的一团面，只有男性的臂膀才揉得动。揉好面后扯下一小团面团抖啊抖啊，抖出中间带窝窝的圆形大饼，再粘上芝麻粒和碎洋葱粒，然后俯身馕坑边“啪”地贴在馕坑壁上。整个馕坑贴满面团后，就盖上大盖子烘烤。馕坑底部全是红红的煤炭。因为馕是竖起来烤的嘛，等取出后，便无一不略呈水滴状：一端薄一端厚。然后烤馕师傅轻松优美地给一个个馕的表面抹上亮晶晶的清油，扔进摊子上小山似的馕堆里，就有人源源不断去买啦。

生活在城里的哈萨克人也大都是自己打馕的，家家户户的炉灶后都带有烤箱，饭做好了，馕饼也烤好了。因为烤箱是方的，因此馕也是方的，像书，像一部部厚嘟嘟黄艳艳的大部头。

在山野里烤馕的话，条件就简陋多了。尽管条件有限，不好挑剔，但我还是对卡西烤的馕意见很大。

盛面团用的破锡盆之前一直是扔在火坑边装牛粪

的，前几天还用来装过垃圾呢。要早知道它的真正用途是这个，每天我都会把它擦得亮锃锃的。

自然了，这只用途广泛的锡盆看上去很脏。卡西为了让它干净一点，就反过来在石头上“当！当！当！”磕了三下，然后直接把刚揉好的柔软洁白的新鲜面团扔了进去……

我以为她起码会用水浇一浇，再拿刷子抹布之类的用力擦洗擦洗，最次也得拾根小棍，把盆底的厚厚泥块刮去啊……

但我闭了嘴一声不吭，如此这般烤出来的馕都吃了那么长时间了，至少一次也没被毒死过，连肚子疼都从没有过。

卡西先把牛粪堆点燃，烧一会儿后，把火堆扒开，将盛了面团的锡盆放到火堆中间烧烫的空地上，再把四周烧红的牛粪聚拢环贴着锡盆，最后在馕饼上盖一块皱皱巴巴的破铁皮——那是家里每天扫过地后用来铲垃圾的简易簸箕。这回她连磕都没磕一下，盖上去的一刹那，我看到细密的土渣子从簸箕上自由地倾洒向雪白的面饼。

她又把少许烧着的牛粪放到铁皮上，因为方形的铁皮块实在太小，锡盆又太大，只能勉强在盆沿上搁稳，四面八方全是缝隙，因此牛粪渣子不时"哗哗啦啦"漏进盆里，牢牢地粘在雪白的面团上。

加之卡西不时地用炉钩揭开铁皮块看一眼下面的情形，于是场面更加杂乱吓人。

虽然惊恐，但站起身环顾四望时，我看到的是连绵起伏的荒山野岭，看到寂静空旷的天空中，一行大雁浩浩荡荡向西飞。与别的鸟儿不同，雁群到来的情景简直可以说是波澜壮阔，挟着无比巨大而感人的力量一般。春天真的到来了。

放平视线，又看到我们孤独寂静的毡房，以及围裹着毡房的陈旧褐毡和褪色的花带子。

再看看四下，看到野地里除了碎石、尘土、刚冒出头的青草茎和去年的干枯植被，再无一物。收回视线，又看到卡西蹲在锡盆边，浅黄色旧外套在这样的世界里是那么耀眼明亮，仅仅比火焰黯淡一些。看到死去的小羊静静横躺在不远处，胡安西兄弟俩已经对它失去了兴趣，两人又拾回小弓，追逐着不耐烦的老狗班班欢乐地游戏。最后再低头仔细地看，透过锡盆和铁皮之间的缝隙，我看到面团一角已经镀上了最最美妙的食物才会呈现的金黄色。

这样的世界里会有什么样的脏东西呢？至少没有

黑暗诡异的添加剂，没有塑料包装纸，没有漫长周折的运输过程。面粉、水和盐均匀地——如相拥熟睡一般——揉和在一起，然后一起与火相遇，在高温中芳香地一边绽放一边成熟。这荒野里会有什么肮脏的事物呢？不过全是泥土罢了，而无论什么都会变成泥土的，牛粪也罢，死去的小羊也罢，火焰会抚平一切差异。没有火焰的地方，会有更缓慢耐心的一种燃烧——那就是生长和死亡的过程，这个过程也在一点点降解着自然的突兀尖锐之处。

总之第一个馕非常圆满地成熟了，金黄的色泽分布均匀，香气喷鼻。卡西把它取出来时，像刚才磕盆那样在盆沿上也“嘣吐！嘣吐！嘣吐！”敲了三下，馕饼上粘嵌的烧糊的黑色颗粒“哗哗啦啦”统统掉了下来，然后再用抹布上上下下擦得油光发亮，最后端端正正地靠着红色的房架子立放一排——多么完美的食物啊，完美得像十五的月亮一样！浓烈而幸福的香气弥漫满室，进进出出都挣扎在这股子诱惑里，扯心扯肺。

可是慢慢地，随着馕的凉却，那味儿也慢慢往回收敛、退守，最后被紧紧地锁进了金黄色的外壳之中，只有掰开它，才能重新闻到那股香味儿了。

再等两天的话，那香味又会随着馕的渐渐发硬而藏得更深更远。只有缓慢认真地咀嚼才能触碰到——或是回想起——一点点……那种香气，就是那种当馕在最辉煌的时刻（刚刚出炉）所喷薄的暴发户似的喜难自胜的华美香气……啊，真是伤心。几乎从没吃过新鲜馕，却每天都得在新鲜馕的光芒照耀下耐心地啃食黯淡平凡的旧馕。每到那时，我都会催促斯马胡力多吃点。赶紧吃完眼下的旧馕，就可以稍微领略一点点新馕完全成为旧馕之前的幸福滋味。可是，新馕因为好吃，大家都会吃得多，连我也能一口气吃掉一整个呢。（直径三十厘米，厚六厘米左右！）那样的话，天天马不停蹄地烤也不够吃啊。

3

自从有了粉红色大车，我们去县城就再也不坐小面包车了。小面包车一个人要收二十块钱，粉红色大车只要十块钱。小车捎点大件东西还要另外收钱，大车随便装。最重要的是，大车发车总算有个准时了，不像小车，人满了才走，老耽误事。

粉红色大车其实是一辆半旧的中巴车，司机胖乎乎、乐呵呵的，每当看到远处雪地上有人深一脚浅一脚地向公路跑来，就会快乐地踩一脚刹车："哈呵！十块钱来了！"

车上所有的孩子则齐整地发出"嘟儿——"——是勒马的命令声。

我和"六十块钱"挤在引擎和前排座之间的那块地方，已经满满当当了。可是车到温都哈拉村，又塞进来了"五十块钱"和两只羊，这回挤得连胳膊都抽不出来了，真想让人骑到那两只羊身上去……好在人一多，没有暖气的车厢便暖和起来了。于是后排座上的几个男人开始喝酒，快乐地碰杯啊，唱歌啊，一个小时后开始打架。司机便把他们统统轰了下去，这才轻松了不少。

虽然乌河这一带村庄稀寥，但每天搭粉红色大车去县城或者恰可图镇的人还真不少。每天早上不到五点钟车就出发了，孤独地穿过一个又一个漆黑的村庄，一路鸣着喇叭，催亮沿途一盏一盏的窗灯。当喇叭声还响在上面一个村子时，下面村子的人就开始准备了，穿得厚厚的，站在大雪堆积的公路旁，行李堆在脚边雪地上。

阿克哈拉是这一带最靠西边的村子，因此粉红色大车每天上路后总是第一个路过这里，我也总是第一个上车。车厢里空荡而冰冷，呵气浓重。司机一边在引擎的轰鸣声中大声打着招呼:“你好吗？身体可好？”一边从助手座上捞起一件沉重的羊皮坎肩扔给我,我连忙接住,盖在膝盖上。

夜色深厚,风雪重重,戈壁滩坦阔浩荡,沿途没有一棵树。真不知司机是怎么辨别道路的,永远不会把汽车从积雪覆盖的路面开到同样是积雪覆盖的地基下面去。

天色渐渐亮起来时,车厢里已经坐满了人,但还是那么冷。长时间待在零下二三十度的空气里,我已经冻得实在是受不了了。突然看到第一排座位和座位前的引擎盖子上面对面地坐着两个胖胖的老人——那里一定很暖和！便不顾一切地挤过去,硬塞在他们两人中间的空隙里,这下子果然舒服多了。但是,不久后我却尴尬地发现:他们两个原来是夫妻……

这两口子一路上一直互相握着手,但那两只握在一起的手没地方放,就搁在我的膝盖上,我的手也没地方放,就放在老头儿的腿上。后来老头儿的另一只大手就攥着我的手,替我暖着。老太太看到了也连忙替我暖另一只手。一路上我把手缩回去好几次,但立刻又给攥着了。也不知为什么,我的手总是那么凉……

车上的人越来越多,不停地有人上车下车。但大都是搭便车的,正顶着风雪从一个村子步行到另一个村子去,恰好遇到粉红色大车经过,就招手拦下。其实,就算是不拦,车到了人跟前也会停住,车门边坐的人拉开门大声招呼:“要坐车吗? 快一点!”

周日坐车的人最多,大多是下游一个汉族村里返校上课的汉族孩子,一个个背着书包等在村口。车停下后,父亲先挤上车,左右突围,置好行李,拾掇出能坐下去的地方,然后回头大声招呼:“娃! 这呐坐定!”又吼叫着叮嘱一句:“娃! 带馍没有?”

每每这时,总会替司机失望一回。还以为这回上来的是“二十块钱”呢……

那父亲安顿好了孩子,挤回车门口,冲司机大喊:“这是俺娃哩车票钱,俺娃给过钱哩! 俺娃戴了帽子,师傅别忘哩!”

“好。”

“就是最后边戴帽子那哩!”

“知道了。”

“师傅,俺娃戴着帽子,可记着哩!”

“知道了知道了!”

他还不放心,又回头冲车厢里一片乱纷纷的脑袋大吼:“娃,你跳起来,让师傅看看你哩帽子!”

无奈此时大家都忙着上下车,手忙脚乱地整理行李，那孩子试着跳了几次，也没法让我们看到他的脑袋。

“好啦好啦，不用跳了……”

“师傅，俺娃是戴帽子哩，俺娃车钱给过哩……”

“要开车了，不走的就赶快下去！”

“娃，叫你把帽子给师傅看看，你咋不听？！”

“……”

车在一个又一个村子里蜿蜒着，几乎每一个路口都有人在等待。有的是坐车，有的则为了嘱咐一句：“明天四队的哈布都拉要去县城，路过时别忘了拉上他。他家房子在河边东面第二家。”

或者是：“给帕罕捎个口信，还有钱剩下的话就买些芹菜吧。另外让他早点回家。”

或者：“我妈妈病了，帮忙在县城买点药吧。”

或者有几封信拜托司机寄走。

车厢里虽然拥挤但秩序井然。老人们坐在前面几排，年轻人坐在过道里的行李堆上，而小孩子们全都一个靠一个挤在引擎盖子上，那里铺着厚厚的毡毯。虽然孩子们彼此间谁也不认识，可是年龄大的往往有照顾大家的义务，哪怕那个年龄大的也不过只有六七岁而已。他一路上不停地把身边一个三岁小孩背后的行李努力往上推，好让那孩子坐得稳稳当当。每当哪个小孩把手套脱了扔掉，他都会不厌其烦地拾回来帮他重新戴上。

还有一个两岁的小孩一直坐在我对面，绯红的脸蛋，蔚蓝色的大眼睛，静静地瞅着我，一连坐了两三个小时都保持着同一个姿势，动都不动一下，更别提哭闹了。

我大声说："谁的孩子？"

没人回答。车厢里一片鼾声。

我又问那孩子："爸爸是谁呢？"

他的蓝眼睛一眨都不眨地望着我。

我想摸摸他的手凉不凉，谁知刚伸出手，他便连忙展开双臂向我倾身过来，要让我抱。真让人心疼……这孩子身子小小软软的，刚一抱在怀里，小脑袋一歪，就靠着我的臂弯睡着了。一路上我动都不敢动弹一下，生怕惊扰了怀中小人安静而孤独的梦境。

4

在阿克哈拉，追求我妹妹的小伙子太多了！一轮又一轮的，真是让人眼红。为什么我十八岁的时候就没这么热门呢？心理不平衡。

我妹妹刚满十八，已经发育得鼓鼓囊囊，头发由原先的柔软稀薄一下子变得又黑又亮，攥在手中满满一大把。但是由于从没出过远门，也没上过什么学，显得有些傻乎乎的，整天就知道抿着嘴笑，就知道热火朝天地劳动，心思单纯得根本就是十岁左右的小孩子，看到有彩虹都会跑去追一追。

就这样的孩子，时间一到，也要开始恋爱啦。卢家的小伙子天天骑着摩托车来接她去掰苞谷啊收葵花什么的，晚上又给送回来。哎，这样劳动，干出来的活还不够换那点汽油钱的。

卢家的小伙子比我妹妹大两岁，刚满二十，黑黑瘦瘦的，个子不高，蛮精神，说起话来头头是道。我妈看在眼里，乐在心里。据说这孩子是所有追逐者中条件最好的啦，家里有二百只羊、十几头牛、十几匹马、一个大院子，在下游一个村子里还有磨面粉的店铺，还有两台小四轮，另外播种机啊，收割机啊，这机那机样样俱全，再另外还有天大的一片地，今年收了天大的几车草料，院子里垛得满满当当。啧啧！这个冬天可是有得赚了！而且小伙子还有些焊工的技术，冬天也不闲着，还去县上的选矿厂打点零工什么的，又勤快又踏实……听得我眼馋坏了，简直想顶掉妹妹自己嫁过去算了。

不过这些都是卢家老爷子自己说的，说完就撂下一条羊腿很谦虚地走了。我妈悄悄跟上去侦察了一番，回来撇嘴："什么两百只羊啊，我数了半天，顶多也就一百二三十……"

尽管这样，这孩子家条件仍是没得说的。当卢家撂下第二条羊腿以后，这事就定了十之八九啦。

我妹妹个子不高，胖乎乎的，和卢家小伙子确定关系之前一直在附近一处建筑工地上打工，整天筛沙子啊，和水泥啊，码砖、凿石头、打地基什么的。天刚亮就得上工，直到什么都看不见了才回家，一天拿三十块钱。她整天蓬头垢面的，球鞋上一边顶出三个洞来，头发都成了花白的了，一拍就窜出一蓬土，一直拍到第十下，土的规模才会渐渐小下去。

后来就不在那种地方干了，直接到卢家去打工，帮着剥苞谷壳子什么的，一面培养感情，一面抵我们去年欠下卢家的麸皮和苞谷碴子债。

当然了，她自己这个当事人根本还蒙在鼓里呢，什么都不知道。我们哪里敢告诉她啊！去年的这个时候，也有人跑来提亲，我们想着她也大了，该知道些事了，就原原本本同她商量。结果，可把她吓得不轻，半年不敢出门，一出门就裹上大头巾，一溜小跑。

所以今年一切都得暗地里进行了。先把上门提过的人筛选一遍，品行啊年龄啊家庭条件啊，细细琢磨了，留下几个万无一失的孩子，然后一一安排种种巧合，让他们自个儿去揉巴，看能和谁揉到一起去。

所有小伙子中，就卢家小伙子追得最紧，出现频率最高，脸皮最厚，而且摩托车擦得最亮。于是到了最后，我们全家人的重心就都往他那儿倾斜啦，天天轮流当着我妹的面唉声叹气：要是还不清卢家的麸皮债，这个冬天可怎么过啊……于是我妹深明大义，为了家庭着想，就天天起早摸黑往卢家跑，干起活来一个顶俩，可把卢家老小乐坏了——虽然都知道我妹妹是方圆百里出了名的老实勤快人，但没想到竟然老实勤快成这样。真是捡了天大的便宜啊！

在我们这里，小伙子找媳妇可难了，就是有钱也难找到。因为当地的女孩子都不愿意待在这么偏远穷困的地方，一门心思尽想着往外嫁。而外面的姑娘谁又愿意嫁进来呢？咸碱水、风沙、蚊虫，荒凉寂寞，酷暑严寒交加凌迫，夏天动辄零上三四十度，冬天动辄零下三四十度，出门放眼看去全是戈壁和成片的沙漠，哪个女孩子愿意一辈子就这样了呢？

我妹恰恰相反，死也不肯出去，挪一步都跟要老命似的。今年春天的时候，我们给她在恰可图小镇找了个事情做，恰可图在一百多公里以外的国道线边上，算是我们乌河这一带最繁华的地方了。谁知道人家干了没两天，就悄悄溜了回来，嫌那儿人多，吵得很。

而且我妹又那么能干。夏天喂鸡的草全是她一个人拔回来的，总是在下午最晒的时候顶着烈日出门，赶着傍晚凉快的时候才回来。那一百多只鸡，比猪还能吃，但光靠吃草，硬是给拉扯大了。另外，家里的两米深的厕所和三四米深的地窖全是她一个人挖出来的，家里一天三顿饭也是她做。一闲着了就拎条口袋沿着公路上上下下地走，把别人扔弃的矿泉水瓶子啊易拉罐啊什么的统统捡回家。在我们这里，一只矿泉水瓶子可以卖八分钱，一只易拉罐一毛二分钱。

春播秋收时节，附近谁家地里人手若是不够，第一个想到的就是我妹妹。不过今年秋天不行了，找上门来要人的人，一个个失望得下巴都快拉掉了。

十七岁、十八岁，虽然只相差一年，但差别太大了。去年还是一个倔犟敏感的少女，现在一下就开窍了似的。虽然这件事上我们都瞒得很紧，但她自己肯定感觉出了什么，并且……还有所回应呢！第二天赶在卢家小伙子过来接她之前，我就看到她把各破了三个洞的球鞋脱了，换成压箱底的新皮鞋，还欲盖弥彰地解释："呃，昨天汗出多了……那双打湿了……呃，湿透了……”

到了第三天，又把灰蒙蒙的运动衣换成了天蓝色的新外套。干活穿什么新衣服啊？但我闭了嘴，什么也没说。她自己都舍得，我还多什么嘴啊？

一拍一蓬土的头发也细细洗净了，从此做饭倒煤灰时，头上都小心地包着头巾，下地干活也不忘包着。

她的头发长得非常快，夏天怕热，就经常自己随便剪一剪，“喀嚓喀嚓”，毫不心疼，弄得跟狗啃过似的。现在呢？专门跑来要我给她修一修。

唉，怎么说呢？只能说明卢家小伙子太太太太太太太厉害了！

我们这里没电，晚上早早地吃完饭，就吹了蜡烛顶门睡觉了。可是自从小卢展开行动之后，我们全家奉陪，每天很晚才能把他送走。这使我外婆非常生气，埋怨个不休，因为太耗蜡烛了。

关于妹妹的事，外婆也什么都不知道，因为老人家嘴忒快，大家瞒妹妹的时候顺便把她也给瞒了。

可我外婆何等聪明啊，虽然九十多岁了，清醒着呢。所以在小卢连着三个晚上按时拜访后，便冷静下来，按兵不动了。当小卢告辞时，也开始装模作样地挽留一番。人走后，边洗脚，边拿眼睛斜瞅我妹，说：“哪么白天家不来？白天家来呷了，老子也好看个清楚……”

到目前为止，我们家里仍然还在坚决反对这事的就剩下琼瑶了。琼瑶是我们家养的大狗，也是阿克哈拉唯一一条咬人的狗，凶悍异常，害得小卢天天都走后门。可是走后门也瞒不过琼瑶，只要小卢一进门，它就趴在窗台，狗脸紧贴着玻璃，愤怒地呲着白牙，喷得满玻璃都是唾沫，还不停地用狗爪子猛烈拍击窗户，用狗头去撞，铁链子都快给挣断了，而外面窗台边刚粉好的墙壁上也给狗爪子划出了一大片深深的平行四边形格子。

小狗赛虎则欺软怕硬，整天就知道咬小朋友。眼看着小卢进门，远远地狂吠几声便夹着尾巴飞快地闪进隔壁屋里躲着。

偏偏小卢就不肯放过人家（也可能因为他觉得就这样啥理由也没有地呆呆坐在我家面对一屋子人守着蜡烛等它燃完实在是……太蠢了点……），一到我家就满屋寻着赛虎玩，强迫人家待在自己脚边。吓得赛虎大气都不敢出，低耸着脖子，埋着脸，夹着尾巴，身子战战兢兢，四条腿却笔直地撑着。小卢向上揪它的耳朵，它的耳朵就向上高高地支起；向左揪，耳朵就跟着齐齐地往左倒；向后揪的话，手松开好久了，耳朵仍不敢搭拉回前面来，真是累死了。就算小卢不理它了，走开好久后，它仍不敢轻易离开小卢坐过的凳子，耳朵仍旧向后歪着，四条腿站得又直又坚固。

我们一家子围着烛火，笑眯眯地看着赛虎木雕似的，任人宰割。也没什么有趣的话题，但就是高兴。

当我妈他们都不在的时候，我妹就随意多了，还主动和小卢搭话呢。两个人各拾一条小板凳，面对面坐在房间正中央，话越说越多，声音越来越小，非常可疑。真是从来也没见我妹这么投入过，太好奇了，忍不住装作收拾泡菜坛子的样子，跑到跟前偷听了几句。结果，他们窃窃私语的内容竟是：

“今年一亩地收多少麦子？……收割机一小时费多少升汽油？……老陈家的老母猪生了吗？有几窝？……马吃得多还是驴吃得多？养马划得来还是养驴划得来？……”

唉，真是和我年轻时一模一样。

在阿克哈拉恋爱多好啊！尤其是秋天，一年的事情差不多已经忙完，漫长而悠闲的冬天无比诱惑地缓缓前来了……于是追求的追求，期待的期待。呃，劳动的四肢如此年轻健康，这样的身子与身子靠在一起，靠在蓝天下，蓝天高处的风和云迅速奔走。身外大地辽阔寂静，大地上的树一棵远离一棵，遥遥相望。夕阳横扫过来，每一棵树都迎身而立。说出一切，说完后树上的乌鸦全部乍起，满天都是……在遥远的阿克哈拉，乌伦古河只经过半个小时就走了，人过几十年就死了，一切似乎那么无望，再没有任何其他的可能性了。世界寂静地喘息，深深封闭着眼睛和心灵……但是，只要种子还在大地里就必定会发芽，只要人进入青春中就必定会孤独，必定会有欲望。什么原因也没有，什么目的也没有，我妹妹就那样恋爱了。趁又年轻又空空如也的时候，找个人赶紧和他（她）在一起。哎，真是幸福！

呵呵，再说说我吧。虽然我都这把年纪的老姑娘了，还是常常会有修路的工程队职工借补裤子的名义跑来搭讪呢！走在公路上，开过的汽车都会停下来问我要不要一起去下游沼泽地里抓鱼。这就是在阿克哈拉啊……

毕飞宇

演唱生涯

是哪根筋搭错了呢？1990年，我26岁的那一年，突然迷上唱歌了。

1990年总是特殊的，你不知道自己还能干些什么，而我对我的写作似乎也失去了信心。可我太年轻，总得做点什么。就在那样的迷惘里，我所供职的学校突然搞了一次文艺汇演。汇演行将结束的时候，我的同事，女高音王学敏老师，上台了。她演唱的是《美丽的西班牙女郎》。她一开腔就把我吓坏了，这哪里还是我熟悉的那个王学敏呢？礼堂因为她的嗓音无缘无故地恢宏了，她无孔不入，到处都是她。作为一个没有见过世面的乡下人，我意外地发现人的嗓音居然可以这样，拥有不可思议的马力,想都不敢想。

我想我蠢蠢欲动了。大约过了一个星期,我悄悄来到了南京艺术学院,我想再考一次大学,我想让我的青春重来一遍。说明情况之后,南艺的老师告诉我,你已经本科毕业了,不能再考了。我又来到了南京师范大学,得到的回答几乎一样。我至今都能记得那个阴冷的午后,一个人在南师大的草坪上徘徊。我不会说我有多痛苦,只是麻木。我怎么就不痛苦呢?

可我并没有死心。终于有那么一天,我推开了王学敏老师的琴房。所谓琴房,其实就是一间四五平米的小房子,贴墙放着一架钢琴。王学敏老师很吃惊,她没有料到一个教中文的青年教师会出现在她的琴房里,客气得不得了,还“请坐”。我没有坐,也没有绕弯子,我直接说出了我的心思,我想做她的学生。

我至今还记得王学敏老师的表情,那可是1990年,唱歌毫无“用处”,离电视选秀还有漫长的15年呢。她问我“为什么”,她问我“有没有基础”。当然,她没有谈费用的事。那时候,金钱还是一个遥不可及的概念,甲乙双方都羞于启齿。

我没有“为什么”。如果一定要问为什么,我只能说,在20岁之前,许多人都会经历四个梦:一是绘画的梦,你想画;一是歌唱的梦,你想唱;一是文学的梦,你想写;一是哲学的梦,你要想。这些梦会出现在不同的年龄段里,每一个段落都很折磨人。我在童年时代特别梦想画画,因为实在没有条件,这个梦只能自生自灭。到了少年时代,我又渴望起音乐来了,可一个乡下孩子能向谁学呢?又到哪里学呢?做一个乡下孩子没有什么可抱怨的,然而,如果你的学习欲望过于亢奋,你会觉得你是盛夏里的狗舌头,活蹦乱跳,无滋无味,空空荡荡。

我在音乐方面的“基础”是露天电影留给我的。大约在八九岁之后,我在看电影的时候多了一个习惯——关注电影音乐。我不识谱,但是我有很强的背谱能力。电影的主题音乐大多是循环往复的,一场电影看下来,差不多也就能记住了。

我母亲任教的那所小学有一把二胡,看完了电影之后,我就把二胡从墙上取下来,依照我的记忆,一个音、一个音地摸。摸上几天,也能“顺”下来。可我并不知道二胡一共有七种“定弦”,我只会使用一种——52 弦。这一来麻烦了,每一首曲子都有几个音符对不上,怎么摸都摸不到,这很要命。旋律进行得好好的,一个音突然“跑”了,不是高,就是低,真是说不出的别扭。我问过许多人,也没人知道这是为什么。他们说,其实也差不多。可音乐没有差不多,这是音乐特别不讨喜的地方,它较劲、苛刻,没有半点宽容,你要是跑调了,听的人会想死。我的“基础”就这些了。

王学敏老师还是收下了我。她打开她的钢琴,用她的指尖戳了戳中央C,是do,让我唱。说出来真是丢人,每一次我都走调。王老师只能视唱:“do——”这样我就找到了。王学敏老师对我的耳朵极度失望,她的眼神和表情都很伤我的自尊,可我就是不走,我想我的脸皮实在是厚到家了。王老师没有把我轰出去,也无非是碍于同事的情面。

对初学者来说,声乐最重要的一件事是“打开”,它必须借助于腹式呼吸。说出来真是令人绝望,王老师告诉我,婴儿在嚎哭的时候用的都是腹式呼吸,狗在狂吠的时候也是这样,因为说话,人类的发音机制慢慢地改变了,胸腔呼吸畅通了,腹式呼吸却闭合了。所谓“打开”,就是回到人之初。一旦“打开”,不仅音色会变得圆润,声音还可以变得嘹亮,只要趴在地上,完全有能力与狗对抗。我们身体的内部隐藏了多少好玩意,全让我们自己弄丢了。

我已经用胸腔呼吸了26年,要改变一个延续了26年的生理习惯,这实在不是一件容易的事。王老师不厌其烦，一天又一天，一个星期又一个星期，她一遍又一遍地给我示范，我就是做不到。王老师也有按捺不住的时候，发脾气，她会像训斥一个笨拙的学生那样拉下脸来。是的，我早就错过学习声乐的最佳时机了，除了耐心，我毫无办法。老实说，作为同事，被另一个同事这样训斥，心理上极其痛苦。我得熬过去。

每天起床之后，依照老师的要求，我都要做一道功课：把脖子仰起来，唱“泡泡音”——这是放松喉头的有效方法。除了唱“泡泡音”，放松喉头最有效的方法是睡眠。行话是这么说的，“歌唱家都是睡出来的”，这和爱情是“睡出来的”其实是一个道理。可是，因为写作，我每天都在熬夜，睡眠其实是得不到保证的。王老师不允许我这样。我大大咧咧地说：“没有哇，我睡得挺好的。”王学敏把她的两只巴掌丢在琴键上，“咚”的就是一下。王老师厉声说：“再熬夜你就别学！”后来我知道了，谎言毫无意义，一开口老师就知道了，我的气息在那儿呢。我说，我会尽可能调整好。——我能放弃我的写作吗？不能。因为睡眠，写作和歌唱成了我的左右手，天天在掰手腕。

如果有人问我，我所做过的最枯燥的一件事情是什么，我的回答无疑是练声。练声，听上去多么优雅，可文艺了，很有范儿了，还浪漫呢。可说白了，它就是一简单的体力活。其实就是两件事："咪"，还有"嘛"。你总共只有两个楼梯，沿着"咪"爬上去、爬下来，再沿着"嘛"爬上去、爬下来。咪——嘛——；咪、咪、咪，嘛、嘛、嘛；咪——嘛——我这是干什么呢？我这是发什么癔症呢？回想起来，我只能说，单纯的爱就是这样——投入，忘我，没有半点功利心，它就是发癔症。

王学敏老师煞费苦心了。她告诉我，气不能与喉管摩擦，必须自然而然地从喉管里"流淌"出来。她打开了热水瓶的塞子，让我盯着瓶口的热气看，天天盯着看。为了演示"把横膈膜拉上去"，她找来了一只碗，放在水里，再倒过来，让我拿着碗往上拔。这里头有一种矛盾的、等张的力量，往上拔的力量越大，往下拽的力量就一样大。是的，艺术就是这样，上扬的力量有多少，下沉的力量就有多少。老实说，就单纯的理解而言，这些都好懂。我能懂。我甚至想说，有关艺术的一切问题都不复杂，都在好懂的范畴之内。这就构成了艺术内部最大的一个隐秘：在知识和实践之间，有一个神秘的距离。有时候，它严丝合缝；有时候呢，足以放进一个太平洋。

小半年就这样过去了，我还是没有能够"打开"。我该死的声音怎么就打不开呢？用王老师的话说，叫

"站不起来"。王学敏老师在琴房里急得团团转。我估计,她用一把斧头把我劈(打)开来的心思都有了。终于有那么一天,在那么一刹那,我想我有些走神,我的喉头正处在什么位置上呢,王老师突然大喊了一声:"对了对了,对了对了!"怎么就对了呢?我有些措手不及。26年前,当我第一次嚎哭的时候,我身体的发音状况就是这样的吗?我不可能记得的。我只是知道,经过不懈的努力,我发现了一种极其亲切的回忆。难怪博尔赫斯说:"不是历史照亮了现在,而是现在照亮了历史。"是的,历史被照亮了,它是一条不用训练就能"打开"的狗。

哪有不急躁的初学者呢?初学者都有一个不好的心态——不会走就想跑。我给王老师提出了一个要求,想向她学唱曲子。王老师一口回绝了。根据我的特殊情况,王老师说:"前两年还是要打基础。"我一听"前两年"这几个字就按捺不住了,那要等到什么时候呢?夜深人静的时候,我一个人来到了足球场。它是幽静的,漆黑、空旷,在等着我。我知道的,虽然空无一人,但它已然成了我的现场。我不夸张,就在这样一个漆黑而又空旷的舞台上,每个星期我都要开三四场演唱会。学生宿舍和教工宿舍离足球场不远,我想我的歌声是可以传递过去的，因为他们的声音也可以传递过来。传递过来的声音是这样的："他妈的，别唱了！"

别唱？这怎么可能，我做不到。唱歌是一件很特别的事情，一首曲子你就可以上瘾，你停不下来。我的心想唱，我的身体也想唱，不唱不行的。

可我毕竟又不是在唱歌，那是断断续续的，每一个句子都要分成好几个段落，还重复，一重复就是几遍、十几遍。不远处的宿舍一定被我折磨惨了——谁也受不了一个疯子在深夜的骚扰。他们只是不知道，那个疯子就是我。

事实上，我错了。他们知道，每个人都知道。我问他们："你们是怎么知道的？"一个年纪偏大的女生告诉我："这有什么呀。大白天走路的时候你也会突然撂出一嗓子，谁不知道？就你自己不知道。很吓人的毕老师。我们都叫你'百灵鸟'呢。"

我不怎么高兴。我怎么就成"百灵鸟"了？一天夜里我终于知道了。王学敏老师有一个代表作《我爱你，中国》，第一句就是难度很大的高音——"百灵鸟从蓝天飞过"。有时候我也唱的。当我铆足了高音唱出"百灵鸟"的时候，嗨，可不是"百灵鸟"吗？

写到这里我其实有点不好意思，回过头来看，我真的有些疯魔。我一个当老师的,大白天和同学们一起走路,好好的,突然就来了一嗓子,无论如何这也不是一个恰当的行为。可我当时是不自觉的,说情不自禁也不为过。难怪有不少学生很害怕我,除了在课堂和操场,根本不知道这个老师的下一个举动是什么,做学生的怎么能不害怕呢?我要是学生我也怕。

一年半之后,我离开了南京特殊师范学校,去了《南京日报》。我的生活彻底改变了,我的演唱生涯也到此结束。我去看望我的王老师,王老师有些失望。她自己也知道,她不可能把我培养成毕学敏,但是,王老师说:"可惜,都上路了。"

前些日子,一个学生给我打来电话。我正在看一档选秀节目,附带着就说起了我年轻时候的事。学生问:"如果你是这个时代的年轻人,你会不会去参加?"我说我会。学生很吃惊了,想不到他的毕老师也会这样无聊。这怎么就无聊了呢?这一点也不无聊。事情往往就是这样,没经历过难以自拔的人永远也不能理解,有些人来到这个世界就是为了发出声音的。我喜爱那些参加选秀的年轻人,他们的偏执让我相信,生活有理由继续。我从不怀疑一部分人的功利心,可我更没有怀疑过爱。年轻的生命自有其动人的情态,沉溺,旁若无人,一点也不绝望,却更像在绝望里孤独地挣扎。

二十多年过去了,我再也没去王老师的琴房上过一堂声乐课。说到这里我必须老老实实地承认,我其实并没有学过声乐,充其量也就练过一年多的“咪”和“嘛”。因为长期的熬夜,更因为无度的吸烟,我的嗓子再也不能“打开”了。拳离了手,曲离了口,我不再是一条狗了,我又“成人”了。我的生命就此失去了一个异己的、亲切的局面。——那是我生命之树上曾经有过的枝丫,挺茂密的。王老师,是我亲手把它锯了,那里至今都还有一个碗大的疤。

王安忆

父亲和母亲的写作

母亲写作的旺盛期,发生在父亲人生走在下坡路的阶段,从某种程度上说,这是个悖论。时间大约在上世纪50年代末与60年代初之间,中华人民共和国正处于社会主义建设的高潮期。世界冷战的背景下,中国大陆独立自主势在必行,一个崭新的工农政权要求着符合自身初衷的精神价值,文学作为文化重构的方法和力量,归并意识形态,共同实现共和国的理想。如我的母亲和父亲,于流离失所中投奔革命,接触中国式的共产主义理论,因而改变生活走向的写作者,难免对社会抱着激进的态度,更是自觉承担起使命,期望将一己之力纳入全体,为他们发过誓言的人类目标服务。奇异的是,具有同样背景与追求的两个人，却分别走向命运的两端。父亲其时为军中戏剧工作者，“反右运动”中落马。我至今不能清楚地了解确切原因，似乎和人事有关，又似乎和父亲的归侨身份有关，而这身份先天就决定了“非我族类”，也似乎和父亲轻率的性格有关。总之，父亲被逐出军队，从官员到平民，我们家的生活水准便呈直线下降。

多少有着为挽救家庭不使之付诸东流的缘故，因她引用过这样的说法：扛着命运的大闸，看孩子们游戏。这孩子们指的就是我和姐姐。后来听母亲说，父亲降级降薪，当日就把我们领出收费昂贵的幼儿园，可这并不让我们，尤其是我沮丧，去幼儿园可说是我初尝人世之苦楚。这就是母亲扛起的大闸之下的孩子。同时，更可能是，母亲要用行动证明自己，也为父亲证明，他们的思想和精神真就属于那个集体共同的价值体系。母亲就在这时候，加倍积极地写作，收获颇丰。

然而文学写作却是一项奇特的劳动，非同于物质生产，不仅为共同的需要主宰，还相当程度地依赖于个体的经验、感情、认识。在我母亲，无论身世、遭际、性格、气质，都决定了她是一名小资产阶级知识分子，于是，她的写作几乎从开始起，就面对着如何处理一种紧张关系,个体与集体如何兼容并蓄、两相关照的问题。而这胶着状态,最后却也形成唯她独有的——以“风格”论似有不足,说是“世界观”又太重大,或者是“心境”吧!而且我以为,父亲的遭际一定间离了母亲个体与集体的关系,使她在宏大历史中偏于一隅,不得不自我面对,因而在史诗性的战争题材中,攫取了纤细的人和事,写成得茅盾先生称赞,日后几十年里收录进中学生语文教本的短篇小说《百合花》,母亲的名字“茹志鹃”也被文学爱好者熟知。更重要的是,母亲受鼓舞之下,开始成形自己的风格。然而,又一个悖论产生了。那就是,她安身立命于写作的却正是最遭怀疑的,有人甚至生出固定的词组:“家务事”“儿女情”。上世纪 80 年代,新时期文学的发轫阶段,母亲专以这批评为题目写作了两篇小说——《家务事》和《儿女情》,是为自己平反,也是替“家务事”“儿女情”正名。但其实,即便在那样严格规范私人情感的日子,母亲以及她的同辈人依然透露出专属于他们自身拥有的表情,除去字里行间不经意的渗漏,亦有完整的篇幅,穿越主流落脚边缘,独立于时代的忽略之中。

至今尚记得那天晚上,母亲给我们讲故事,关于一个名叫也宝的小女孩,飞越孤儿院的故事。我们追问之后怎样，母亲回答不知道，姐姐哭了。我没哭，但心里的难过久久萦绕。这就是母亲又一篇小说《逝去的夜》。听故事的时间仿佛在学龄前后，姐姐则在二三年级之间，因记忆中父亲还未来到上海与我们团聚。后来搜索母亲留下的记录，见《逝去的夜》发表于《上海文学》1962 年 06 期，比听故事的印象要晚近一年光景，所以，很可能母亲给我们讲的是构思中的雏形。受茅盾先生表扬的《百合花》发表于 1958 年 3 月，自此，母亲的写作进入了特别顺畅流利的状态。1960 年、1961 年、1962 年，这三个年头可说是高峰：《高高的白杨树》《静静的产院》《三走严庄》《阿舒》——仅在 1962 年上半年，就发表了《阿舒》的续篇《第二步》《给我一支枪》以及《逝去的夜》。对别人可能算不上什么，可母亲是个慢手，并且 60 年代无论阅稿还是审查都远比今天严格，付梓印刷周期也长得多，文学期刊少之又少，总之，文字的吞吐量极有限，因此，称得上气象繁荣。我努力企图还原那个时间，在那个时间里，有一个名叫"也宝"的小姑娘浮出水面。之后，过去 20 年，也就是我们这一代登上文学舞台的 80 年代，在母亲的长篇小说《她从那条路上来》里，她将再次登场，这一回，母亲坦然亮出了自传体小说的底牌。母亲去世以后，我找出《她从那条路上来》第二部的遗稿，整理成三万字篇幅。这三万字写的就是也宝在孤儿院的始末，大大扩容了《逝去的夜》，情节细节更多，人物面目更清晰，更重要的是，作为自传体小说，写作者的主体身份更为肯定了，而母亲的写作中，这一主体往往是隐蔽的。

1962 年的年景似乎不错，全国范围的大饥馑过去，父亲王啸平——应该承认这是一个陌生的名字，但在上世纪 30 年代的马华文学史上，出现的啸平、啸克、杨骚、王歌、蒲克、叶冰，都是他——此时，从南京调入上海人民艺术剧院。回到家庭生活固然很好，尤其难得的是重归导演老本行，想来之前已摘去右派帽子，未料到彻底改正却还需耐心等到 20 年之后，为历史纠偏的时节。其时，母亲写作中那个紧张关系似乎得到舒解，呈现出缓和。《逝去的夜》，固然能以阶级观念解释为旧制度的不正义，但具体到也宝的处境，却是宗教的虚无与世俗生活的强烈对峙。贫困是贫困，可热辣辣的人间无论如何都是令人向往的，那一个泥娃娃，人称“大阿福”，被也宝抱在怀里逃出英国教会孤儿院的，就是人间的象征。《逝去的夜》的小说名如今看来似乎也含有隐喻，喻义时代灯火的阑珊处，规避了批判和讴歌的集体主题，偷渡出来讲述私人生活。

从所存资料看，在相对松弛地书写了个人经验式的《逝去的夜》之后不久，母亲的写作又陷入了紧张关系。接着，还是在 1962 年，母亲发表了小说《快三腿宋福裕》，与其说是虚构，毋宁认为是一篇人物特写，写的是人民公社的劳动模范。下一年，母亲在郊区的乡村体验生活，"体验生活"的说法暗示着一个概念，那就是所谓"生活"是有所界定的，并不是所有的人和事，而只是为政权主体认可的一部分。这一年里，母亲的创造力相当稀薄，只有短篇《回头卒》，描写一个心怀私欲的农人精英，向来对母亲热情的批评界对此抱谨慎的冷淡。自此便是十数年的搁笔，直至 1977 年写作并发表短篇小说《出山》。文学开始新世纪，公共母题向个体表达开放空间，反过来说，则是个体表达长驱直入公共母题。也就在这时候，"儿女情""家务事"的温情主义母亲，却显现出鲜见的尖锐，她写作的《剪辑错了的故事》，以"黑色幽默"讽刺了那段误会的历史中的误会的共和国。这成为第三个悖论。

[瑞典]马悦然

吊陆文夫

《美食家》的作者陆文夫不在人间了，他已跟随汪曾祺到极乐天去了。我想象他们俩正在一块软软的白云上野餐，干几杯低度的双沟大曲。

我头一次跟陆文夫见面是他跟张贤亮与严文井二十几年前访问瑞典时。第二次见面是一九八六年在上海郊外金山的一个"中国当代文学国际研讨会"上。开完了会之后，陆文夫请一批人到苏州去听评弹，欣赏美食家自己点的苏州雅菜。

在往苏州的路上，陆文夫跟我坐在一起，谈到中国社会当时发生的巨大变化。我当天在报上读了一篇报道，说一个中国贫农会花他所有的财产为儿子办婚礼。

“何必呢?”我对陆文夫说。“这你不懂!”陆文夫说,“你到末日的时候,会追溯你的学术生涯,跟自己说,啊,你这个人没有白活着,你对汉学研究有一定的贡献。我也会安慰自己说,我的小说写得还不错。可是那贫农呢?他唯一能说的是,我啥子功劳都没得,一辈子在田里做苦工,可是儿子结婚的时候,我请了两桌村里的客人打牙祭喝烈酒,让大家吃得饱、喝得醉,还让他们抽了一条最好的香烟呢!你千万不要夺去他那唯一的乐趣!”

陆文夫不仅是一个优秀的作家,他也是一个真正的君子。愿他安躺在软软的白云上,听可爱的天使为他说唱评弹。

资中筠

斯波克医生访华

斯波克医生(Dr. Benjamin Spock,1903 - 1996)是世界闻名的儿科专家和教育家,他的育儿法理论(包括"育"与"教")风靡全世界,其专著被译成几十种文字,几乎成为初为人母者必读之书。近见《文汇报》载文提到他,并知我国也已有他著作的译本,不由得想起他70年代初访华的一些趣事。

大约是1972年或1973年,斯波克医生偕夫人应对外友协之请来华访问。我负责安排他们的日程并全程陪同。那是在尼克松访华之后,中美关系有所松动,美国人来访的人数增多,圈子相应扩大,但是仍以左派居多。斯波克医生名气很大,而在我国更加知名的是他的反越战和反核武器的“和平战士”的身份。我的印象中,他当时最自豪的也是这一点,胜过他的名医身份,特别是他还有过“坐牢”的经历(其实就是在拘留所待了几天),在中国到处讲。

20世纪60年代末70年代初,围绕“反越南战争”和“争取种族平等”两大主题,美国的群众运动高涨,对主流社会形成强有力的冲击,举世瞩目。在这运动中,青年学生一马当先,后来一些社会名流,包括诺贝尔奖获得者都在不同焦点上参加进来。斯波克医生的学术思想本来就是反传统的,他的育儿法的核心精神就是顺应天性,让孩子自然发展,尽量少加以各种约束。60年代末的青年学生正是在战后“婴儿潮”时期出生的一代,那也正是斯波克育儿法大行其道的时期。所以当时的保守势力就怪罪斯波克医生,说现在这些无法无天的青年都是他主张放纵的育儿法的产物,他要为惯坏整整一代美国人、造成社会混乱负责。斯波克医生对此当然不屑一顾,索性自己也参加到运动的行列中,不满足于发表声明、签名请愿,而与青年一起静坐、示威、游行。在一次与警察的冲突中他被拖入警车,关了几天。他对我说:“我本来是属于‘体面社会’的,被警察抓捕是过去无法想象的事,这次的经历使我彻底放下架子,把自己看作普通群众中的一分子,有一种解脱感。”他在中国的表现也的确十分平易近人,毫无名医的架子。对于各地接待单位来说,如果不是由于斯波克医生有参加反战运动的经历,被列为知名的进步友好人士,像他这样总想突破主人的安排、直接接近群众的人,轻则会被认为不友好,重则会被怀疑有其他目的,别有用心。不过斯波克医生还是到处受到热情接待,别人最多说他有些“老天真”。

由于斯波克是儿科医生,我们在北京安排他做一次学术报告,听众都是各医院、医科大学和研究单位的儿科专业人士,其中不少是有相当水平的专家。他们都很认真,准备了不少专业性的问题,诚心诚意要向他讨教。他们想问的问题都是有关儿科常见病的防治,以及儿童营养学之类。由于我们的粗心大意,事先没有了解他要讲的主题,想当然地以为儿科大夫之间总能对上话。谁知他一开讲,题目是“婴儿断奶和自己坐盆的年龄对其心理成长和一生个性的影响”。他基本上属于弗洛伊德学派,重视婴儿早期的经历对他(她)的心理影响。他详细讲了他做的各种实验和调查,例如母亲是否亲自喂奶和喂多长时间造成的不同影响,从几岁开始训练孩子自觉地在指定的马桶中大小便最为合适。按照他的听其自然的理念，这一训练如果开始早了，就会过早对孩子造成心理压力，不利于其个性成长。还有不同年龄的孩子一天得到母亲多少次亲吻等等，都很重要。所以他参观幼儿园总要问保育员是否在孩子睡觉前代他们的妈妈亲亲他们，保育员们大多瞠目不知所对。我不熟悉医学科学界情况，也许现在我国已有对于类似问题的研究，至少不以为怪。但在当时，台下听众对此可是毫无准备，这些问题绝对不在他们关注的范围之内，而且在我国似乎根本不成其为问题。结果他报告结束，台下鼓掌如仪之后就鸦雀无声，所有精心准备的问题都文不对题，提不出来了。他一再要求大家提问，却无响应，后来主持人说了几句客套话就收场了。事后他对我说："看来我所研究的问题在中国完全没有用。"我无法解释。因为国情距离太大，使我想起晋惠帝的"何不食肉糜"。在那年月里，我和用心善良的美国人打交道，曾不止一次想到这一典故。记得有一次，有个美国民间团体发起和中国互派友好旅游团的活动，为了互相体验生活，增进了解，要求不住旅馆而互相接待在家里住，美方表示体谅中国人住房紧张的难处，说睡沙发就可以了。天晓得当时中国家庭几世同堂，有几家摆得下沙发这样的奢侈品！我当时也想起"何不食肉糜"之讥。有一天在公园里忽见一位母亲带着一个三四岁的孩子，穿开裆裤。斯波克医生恍然大悟说："原来我研究了多年的问题在中国是这样解决的，多简单！"这一新发现使他那天情绪特别高，要求买一条开裆裤回去作纪念。但这一愿望也未实现，因为那时开裆裤都是家里自己缝制的，店里买不着。现在我国城市中不但开裆裤已绝迹，而且一次性尿布、"尿不湿"等等普及率都已相当高，只此一端，20年来和国际接轨跨越的距离也够大的。

与斯波克医生相处近一个月，过得很愉快。他当时已是古稀之年，却很有童心，有时显得善良而天真。尽管他的理念与我国国情相去甚远，有些想法常常碰壁，但是他主观上是抱着对中国的好感而来的，遇事总是往好里解释，又处于自己努力向平民化转变的过程之中，决不表现出西方人的优越感。当时与他同来的是结婚40年的结发老妻，看起来情意甚笃。老太太常向我讲他们当年新婚时家无长物，因陋就简的情景，似乎有无限温馨的回忆。有一次，夫人因感冒，没有与先生一道去外地访问，其实只分开了一天，我们回来的汽车刚开进旅馆的大院，她就迫不及待地在窗口又是喊，又是飞吻，那情景真如一别三秋。谁知他们回去不久，两个人都分别给我写来长信，诉说他们之间的矛盾。我受此信任,不知如何反应。再不久,真的离婚了。看来主动权在斯波克医生,在中国时夫人所表现的感情外露,正是因已经感觉到了危机而做出的反应,我后来才想起这种热情只是单方面的。很快,斯波克医生就与一位小他30岁的女护士结婚,此事也在传媒中热闹了一阵。在他去世前几年,我在一本美国杂志上看到有关他的报道,说他得到妻子无微不至的照顾,同时也得对她言听计从,杂志还登载了他与像是女儿的妻子在私人游艇上度假的照片,亲昵而欢乐,想必晚年过得很幸福。60年代的群众运动不知在他生活中是否还留下了一丝痕迹?激进的年代过去后,平民和名医大约还是各归其位,但不知那第一位斯波克夫人最后的岁月是如何度过的。

张新颖

翠翠
在杜鹃声中想起我

民十随部队入川 由茶峒过路
开拔日微雨 闻杜鹃声极悲哀
民二十二至青岛崂山北九水
路上见村中有死者家人报庙行列
一小女孩奉灵幡引路
当时即向面前的朋友许下愿心
我懂得这个有丧事女孩子的欢乐和痛苦
正和懂得你的纯厚与爱好一样多　一样深
我要把她的不幸 和你的善良结合起来
用一个故事重现
民二十三年初返湘

过了柏子的小河 就快要到翠翠的家乡了
泸溪城街上的绒线铺
十七年前铺柜里站着叫翠翠的女孩
两手反复交换动作挽棉线
目前所见到的 还是那么一个样子
当真回到过去了吗
辫发上缠得一绺白绒线 她的妈妈死了
我被时间意识猛烈地掴了一巴掌
我不应当翻阅历史 温习历史
一面让细碎阳光晒在纸上
一面将我受压抑的梦写在纸上
书中人与个人生命成一稀奇结合
俨若可以不死
三十八年五月卅下十点北平宿舍
夜静得离奇
端午快来了 家乡中一定是还有龙船下河
翠翠 翠翠 你是在一零四小房间中酣睡
还是在杜鹃声中想起我
在我死去以后还想起我
翠翠 三三 我难道又疯狂了

很奇怪 为什么夜中那么静
想不出我是谁
原来那个我在什么地方呢

后记

此篇“剪辑”包括的文章：沈从文一九四八年即将告别文学创作时为《边城》写的《新题记》，生前没有发表过；长篇散文《水云》；未完自传中的一章《关于西南漆器及其他》，生前也没有发表；《湘行书简》和《湘行散记》；一九四九年五月的一则日记。

一九三四年出版的《边城》是沈从文最受喜爱的作品，翠翠是最受喜爱的形象。但沈从文却说：“可是没有一个人知道我是在什么感情下写成这个作品，也不大明白我写它的意义……完全得不到我如何用这个故事填补过去生命中一点哀乐的原因。”（《水云》）

触发我“剪辑”这首诗的最大动因是，沈从文一九四九年在精神“失常”最想不清楚自己的时候，在最孤立无告的时刻，他想到了翠翠，他像在和翠翠说话，一声接着一声地呼喊着翠翠。也许他混淆了文学虚构和生活现实，可是这样的混淆，不也正透露出，他和他的文学之间的关系，紧密程度竟至于血肉相连、生死牵记。

张定浩

歌以言志

志有三义。《说文》心部段注:“志者,记也,知也。……今人分志向一字,识记一字,知识一字,古只有一字一音。”志向和识记,都好懂,唯有“知识”一词,与现在的意思略有差别。《说文》言部段注“识”字:“意与志,志与识,古皆通用,心之所存谓之意,所谓知识者此也。《大学》诚其意即实其识也。”原来,中国古典里所谓“知识”,始终与人息息相关,是懂得辨识一个人内心深藏的想法。

志向关乎政教和未来,如《论语》中颜渊、子路和孔子各言其志,勿论小大,都是怀抱天下;识记与历史、记忆有关,如艺文志、地方志,是这个世界已经发生和存在过的事情;但知识不一样,在古典的语境里,知识是对当下“心之所存”的认识,心之所存,不可能总是冠冕堂皇的志向,也绝非全为铁板钉钉的记忆,很多时候,它是难以启齿的想法、犹豫不定的念头,以及转瞬即逝的幻梦。如果说,志向欲求善,识记指向真,那么知识,似乎可以看作是对美的体察。因为所谓美,没有高低也无关真假,衡量它的标准,不外乎人心的轻微震动。曹操有两首《秋胡行》,不大为人所提及,治文学史的人偶尔注意到它,多半还是因为吉川幸次郎的《中国诗史》。吉川称赞《秋胡行》为“曹操诗中最美的作品之一”,但具体美在何处,他也并未深谈。

晨上散关山,此道当何难!牛顿不起,车堕谷间。坐磐石之上,弹五弦之琴。作为清角韵,意中迷烦。歌以言志,晨上散关山。

有何三老公,卒来在我旁。负揜被裘,似非恒人。谓卿云何困苦以自怨,徨徨所欲,来到此间?歌以言志,有何三老公。

我居昆仑山,所谓者真人。道深有可得。名山历观,遨游八极,枕石漱流饮泉。沉吟不决,遂上升天。歌以言志,我居昆仑山。

去去不可追，长恨相牵攀。夜夜安得寐，惆怅以自怜。正而不谲，辞赋依因。经传所过，西来所传。歌以言志，去去不可追。（《秋胡行》其一）

倒是陈祚明在《采菽堂古诗选》中，于《秋胡行》下有近四百字的阐发，是其曹操诗评中最为用力的一处，其披文入情，沿波导源，曹操千载之下，竟有知音如斯——

孟德天分甚高，因缘所至，成此功业。疑畏之念既阻于中怀，性命之理未达于究竟。游仙远想，实系思心。人生本可超然，上智定怀此愿。但沉吟不决，终恋世途。沦陷之端，多因是故。……孟德非不慨然，而位居骑虎，势近黏天。入世出世，不能自割。累形歌咏，并出至情。……会味其旨，总归沉吟不决四言而已。序述回曲，转变反覆，循环不穷。若不究其思端，殊类杂集。引绪观之，一意凄楚，成佳构矣！

《秋胡行》写于西征张鲁途中，时为建安二十年，曹操六十一岁，天下三分之业已定，西征亦不过是摧枯拉朽。然而，曹操此时此刻，却自有其进退两难、沉吟不决的心事。《秋胡行》的动人之处，是令我们有机会目睹一个君临四方的人如何严峻而直率地省察自己的内心，审视自己的沉吟不决。他原本绝非优柔寡断之人，但在这一刻，他面对的不再是生死瞬变的战场，而是个体生命最本真的困惑，即，他最终要成就一个什么样的人，或者说，最终当"壮盛智慧，殊不再来"，当生命垂垂老去之际，他用什么来安顿自己。

歌以言志。潘雨廷先生讲："感情就是一切事情，要记住它。"又想起某人写的书法中的句子："幸甚至哉，歌以言志。魏武帝此言古今诗歌之极则。"一首诗歌的背后，应当有一个人的心事，这心事或大或小，或清明或糊涂，倘若自己能够辨识清楚，甚至再将之记住，并写成歌，该多么值得庆幸。

孙小宁

从一个人身上辨认出契诃夫

一月二十四日,在人艺看话剧《万尼亚舅舅》,三小时的剧长,李六乙竟一处也没舍得删。结束时已近晚十点,出剧院才发现下雪了,薄薄的细雪,每个车顶上都敷了一层,在夜灯反射下,闪着碎银一般的光。那一刻,感慨万千,似乎第一次看清,契诃夫已经嵌入我的生活很多年,不是通过书斋式的阅读,而是通过这一道道四面八方折射过来的光。

我的第一本与契诃夫有关的书,是童道明先生的《惜别樱桃园》,一九九六年出版,由他签赠给我。那时还不知,这位学者早年留学苏联的时候,就已决定把自己的一生和契诃夫联系在一起。如此全身心地阅读，如此穷尽毕生地翻译，进一步，又创作剧本，不是有这样的灵魂相应，怎可想象一位著名的戏剧评论家晚年要做剧作家，大器晚成。世间因此也就多了两部和契诃夫有关的戏：《我是海鸥》与《爱恋·契诃夫》。

和童老师交往，最初是编辑和作者的关系。做编辑需要约稿，我约他写的，大都是契诃夫。写了那么多次契诃夫都不重样，他可真像一口源源不尽的井。而更重要的又是，我也就是这样一点一点认识契诃夫的。童老师写作，至今不用电脑，稿子都写在稿纸上，所以我这做编辑的，约了稿就必须取稿。天气暖和的时候，我们在他家楼下的藤架下交接。怕我认不清字，他总要把手写稿读一遍，即兴发挥，再讲点契诃夫的迷人轶事。对我这酷爱买影碟的人来说，这就等于同时奉送了契诃夫正片之外的花絮碟。我由此知道了契诃夫与托尔斯泰、高尔基之间的友谊，也知道他深爱的两个女人：米齐诺娃、克尼碧尔，一个成为《海鸥》中妮娜的原型，一个在舞台上参演了这个剧目。很多的花絮是后来才被播扬的，但在我这里，它们早已通过这种方式，潜移默化地融进我的精神血液，和契诃夫的精神气质相关，其实也能概括童老师的精神气质。

《万尼亚舅舅》上演前，我照旧想请他写篇文章。因为李六乙这个戏，剧本就是请他翻译的。取稿的那天天寒地冻，交接当然就在他家里。这次他没有读给我听，而是说："你来读吧。"看他坐在沙发上，已做好了聆听的准备，我便也坐下来开始读。稿子共四页，写在印刷品的反面。字小，里面涂改无数。念起来打磕绊时，他会帮我辨认。里面照旧有一些契诃夫的引文，念着念着，我竟也像舞台上的演员一样动起情来：

"我们要活下去，我们要度过一连串漫长的黑夜，我们将会听到天使的歌唱，我们将看到镶满宝石的天空，我们会看到所有这些人间的罪恶，所有我们的痛苦，都会淹没在充满全世界的慈爱之中，我们的生活会变得安宁、温柔，变得像轻吻一样的甜蜜。"

这是《万尼亚舅舅》的结尾，索尼亚对万尼亚舅舅念出的台词。很快我就有机会，听演员将它念了一遍又一遍。先是看了彩排，当然是借了童老师的光。虽然去之前我曾犹豫，这种不穿戏服的剧透式观看，会不会影响我正式看戏的情绪，但是看完我就不后悔了，因为只有彩排，你才能看到导演与全体演员在戏结束时那涔涔的泪光。他们真入戏了，连我一向熟悉的濮存昕，都变成了不折不扣的愁容骑士。不短不长的头发，怎么看都乱糟糟，以至于正式演出前，我从他手上接过票，赶紧就离开，好像不忍面对这个被生活打败的万尼亚舅舅。

若做回忆，这么多年在北京上演的契诃夫的戏，尤其是人艺舞台上那几出，我差不多都看过。能体会到的神奇之处在于，一个演员接了契诃夫的角色，那角色就好像住进了他的身体。换句话说，它一定会把他生命中某些部分给唤醒。而如我这样的观众，便常常能从戏里看到戏外的联系。在我看来，扮演索尼亚的孔维，排练时的感觉要比舞台上好。或许因为不穿戏服，不打灯光，我始终能感到她那种因为年轻，因为缺乏历练而有的怯生生的劲儿——而这又是很合这个角色的。童老师告诉我说，她也的确十几年没有在舞台上演戏了。真实的演员生活，并不像娱乐新闻渲染的那样光鲜。寂寞与等待属于大部分演员，所以听孔维演的索尼亚劝舅舅："要活下去。要忍受漫长黑夜，要耐心忍受命运给我们的考验。"我总是觉得，那也是她说给自己听的。

至于濮存昕饰演的万尼亚舅舅，用一位老观众看完后诙谐的说法，他就是在舞台地板上睡了几觉，然后激烈地朝他怨恨的人开了一枪。多年前爱上的一个女子，再次来到他替死去的姐姐苦心经营的庄园时，已经成为姐夫的娇妻。而这做教授的姐夫，曾经是这个家族集体崇拜供养的偶像，现在这种光环在他心中，已然像肥皂泡般碎掉。深感自己岁月蹉跎的万尼亚问自己：“我今年四十七，如果能活到六十，我该怎样度过这么长的时间？”听到这里，我脑子里想的是，濮存昕已活出六十，他那从四十七岁到六十岁的人生，是否会在脑海里过一遍。

契诃夫的台词，总是像小提琴的乐音那样纤柔、细腻而又肌理丰富，不经意间就能将人的心弦拨动。“您能勇敢地解决一切问题，但亲爱的，您倒说说，这是不是因为您还年轻，还没有来得及品尝任何一个生活难题给您带来的痛苦？您能勇敢地朝前看，这是不是因为您还没有看到和等到任何可怕的东西？因为生活的真相还没有暴露在您年轻的眼睛里。您比我们勇敢，比我们诚实，比我们深刻，但请您好好想想，请您拿出哪怕一丁点儿的同情心来，可怜可怜我吧。要知道我出生在这里，我与父亲和母亲在这里生活过，还有祖父，我爱这所房子，失去了樱桃园就会失去我生活的意义，如果一定要卖掉，那么把我连同这个园子一起卖掉好了……要知道我的儿子是在这淹死的……”当年看完《樱桃园》后，这段台词就经常萦绕于心。到了《万尼亚舅舅》，看到刚愎自用的姐夫也宣布要卖掉这个庄园，我便也能体会万尼亚舅舅失控的愤怒。索尼亚一再劝父亲“您要仁慈”“我们没有白吃面包”，后一句每一次听，心都会痛一下。

一百多年前的契诃夫，似乎已预知，今天的我们注定要做无家别。而切断我们与现实生活之根基间的联系的，似乎是一股莫名而不可挡的力量。这无处依傍的精神之苦，正是《万尼亚舅舅》中叶莲娜说的：“这个屋子不安宁。”

看这出戏，老早我就约了一位远方的朋友。她答应来看，并做了无数提前的准备，到跟前却来不了了。原因之一是：她所在的城市刚刚经历踩踏事件，情绪还没缓过来。我理解，但也百感交集，原来，看一出确认我们灵魂不安宁的戏，也是需要天安地宁才能做的奢事。

当然，很多人并不觉得对契诃夫需要这样去了解。我看演出后发微信，有朋友立马晒出网上找到的全剧本——可惜和这个剧本有出入。但那也是阅读了契诃夫不是吗？我还是不这么认为。

比起孤零零的剧本阅读，我更愿意在生活中与契诃夫不期而遇。我曾一连几天跑小西天电影资料馆，去看土耳其导演锡兰的电影，说不出的喜欢，后来找到原因——在他心底，拍每一部作品都是在向契诃夫致敬。

我心仪的另一位导演新藤兼人，晚年曾拍过《午后的遗言》，他让两位演过《三姐妹》的老演员重聚，在一起念"我们的生命还没有完结，我们还要活下去"的台词，这是老年人的励志，但也体现出如童老师所说的，契诃夫式的乐观主义。

而我，如此细碎地写出《万尼亚舅舅》演出前后的这一切，也是觉得，这里的每一个场景、细节，都在构筑一个活生生的契诃夫。契诃夫于我，从来不是语词、术语堆叠出来的经典，而是如此这般出没于我的生活当中。你从一个人身上辨认出契诃夫，就是对自己的灵魂做一次确认，确认疼痛还不够，还要同时确认，生活里有种东西，值得你继续为它付出。这样，好像也是为了别人能再从你身上辨认出你的灵魂，以及契诃夫的种种。

恺　蒂

曼德拉的衣着

俗话说，人靠衣装，佛靠金装。所以，就有了庞大的时装与形象设计的行业。

政治家当然更明白形象的力量，不同的服饰能够传达不同的信息。所以，孙中山早年穿西装，因为西装是进步开放的象征，晚年却请人设计了中山装，据说口袋、纽扣等还有特殊意义，代表着“国之四维”“五权宪法”和“三民主义”等。甘地早年也是西装革履，后来在他的政治理念逐渐清晰成熟，离开南非重回印度时，他只穿土布织成的传统印度衣服，再往后干脆赤裸上身，下身裹着一块土布。卡斯特罗年轻时也喜爱时尚的西式衣服，但后来只以军服示人，再加上那部胡子，便是他充满威慑力的形象。服装是强有力的政治武器,南非的前总统曼德拉可能是最明白这个道理的。

曼德拉在他的自传《漫漫自由路》中,曾多次提到他的衣着。例如,最让他自豪的衣服是他刚开始上学时的:"那年我七岁,在我要开始上学的前一天,父亲拿出一条他的旧裤子,将裤腿齐膝盖剪掉……然后又拿出针线,将裤腰缝小。那时,我看上去肯定挺可笑,但以后再没有另一套西装能够比这条修改过的我爸的旧裤子更让我自豪。"中学毕业后,曼德拉进入福特海尔大学:"在我入学之前,部落负责人送来我的第一套西装,灰色的,双排扣,那套西装让我觉得自己长大了,也觉得自己很优雅。我当时二十一岁,简直不能想象在福特海尔还有比我更帅的人。"

后来,他来到约堡,最初几年的生活比较艰苦:"塞得斯基先生与我一样高,他将他的一套旧西装送给我,西装上打着许多补丁。有五年的时间,我每天都穿着这套西装,最后,西装上的补丁越来越多,简直超过西装本身。"但他渐渐时来运转,与好友坦博一起成立律师行,与温妮结婚,他开始练拳击,也开始政治活动,他成了约堡的一位名士,穿着剪裁得体、象征着大都市风格的西装:"我穿着笔挺的西装,开着一辆巨大的老爷车,我对整个约堡的大街小巷了如指掌。”

但是,如同孙中山、甘地和卡斯特罗一样,曼德拉也很快意识到西式的时尚服装不能为他的政治目的服务。二十世纪五六十年代,越来越多的种族隔离法律出台,抵抗运动也越来越激烈,曼德拉作为抵抗运动的领袖,很快就被当局视为危险人物。一九六二年八月,他被逮捕,十月十五日,当局对他开庭审判。穿什么衣服出庭至关重要,他决定回归非洲传统:“星期一早上,我披着一件传统的科萨族的豹子皮的 Kaross(南非土人穿的毛皮斗篷或坎肩)进入法庭,我没有穿西装打领带。支持我的群众全都举起拳头振臂高呼‘Amandla Ngawethu(给我们力量)!’人群就像充了电一样,其中很多是我的朋友和家人,许多人从我的老家特兰斯凯长途跋涉而来。温妮也在头上佩戴了传统的珠饰,她穿着一条到脚踝的科萨长裙。我选择传统的服装,因为我要强调我作为一个非洲黑人走进白人法庭的象征意义。我的背上担负着我的人民的历史文化和传统。那天,我感觉到我代表着整个非洲民族,继承了非洲艰难但高尚的历史及其不可测的未来。这件传统的 Kaross 也表示了我对白人司法机构各种细节的藐视。我非常清楚,白人当局会觉得我的 Kaross 是一种威胁,就像许多白人会觉得真正的非洲文化是一种威胁一样。”他以这件类似披肩的传统非洲 Kaross 作为对所有非洲力量的召唤，号召大家一起反对种族隔离制度。他达到了他的目的。

以后的二十多年是漫长的监狱生活，曼德拉的唯一希望，是衣服能够发挥它们最原始的功能：保暖。《漫漫自由路》中写道：“那是六月，非常冷，我们的衣服是一条短制服裤，一件卡其衬衫和一件棉布外套，鞋子是露着脚趾的凉鞋。我们在罗本岛上的工作是敲碎石头，我们都在户外，天非常冷，没有任何挡风的东西。非常冷，一直冷到你的骨头里。”

出狱之后，十八年前的四月二十七日，曼德拉当选南非第一位黑人总统，但他面对的，却是一个分裂的国家。如何能让整个国家团结，让他绞尽脑汁。南非能有今天，能够和平过渡与转型，除了“真相与和解”等政治活动外，那件跳羚队的 6 号橄榄球衣也起了至关重要的润滑与磨合的作用。一九九五年，世界杯橄榄球赛在南非举行，最后的决赛是南非对新西兰。橄榄球一向是白人的体育运动，是种族隔离和种族压迫的象征。那天，曼德拉穿着绿色的 6 号球衣出场，全场沸腾。那件球衣让跳羚队赢得冠军，也让南非真正开始转型为“彩虹之国”。当时南非球队中唯一的黑人队员切斯特 · 威廉姆斯(Chester Williams)后来回忆说:“那天比赛前,曼德拉来到我们的更衣室,穿着跳羚队的球衣。事情变得很简单,我们必须赢这场球。所有的人都以为他会穿西装打领带,他的打扮改变了整个球队的士气和精神,也改变了整个国家的心态。”所以,那场球赛不只是一场球赛,那场球赛和那件球衣给了整个南非凝聚力。

中国有中山装,南非有曼氏衬衫,南非人亲切地称之为 Madiba Shirt。这是一种南非设计师设计的用非洲蜡染真丝花布做成的宽松衬衫。这种衬衫宽大舒服,衣身稍长,不用掖进裤子中。曼德拉在许多正式或非正式的场合都穿这种衬衫,有的色彩非常花俏鲜艳,这常常让他在一群西装笔挺的国际领袖之中脱颖而出,表现出他的自信,以及他在多年牢狱生涯之后对衣服的舒适度的追求。一九九六年,他去英国访问,住在白金汉宫,穿的就是曼氏衬衫,国家元首与英国女王会面而不穿西装,这相当少见。据说,之后阿玛尼还打电话去问他,为什么没有穿他送的那套西服。

答案或许是,曼德拉既是西式的总统,也是非洲传统的部落酋长。

严　锋

兄　弟

在我小时候，伯伯在家中是一个令人生畏、厌恶同时又心生某种隐秘敬意的传说，有点像伏地魔。

伯伯与我父亲（本名严格，笔名辛丰年）是嫡亲兄弟，他们的母亲去世得早。我的另外一些姑妈和叔叔是另一位奶奶所生。我爷爷是孙传芳的手下，做过淞沪警备司令、上海戒严司令、上海公安厅长、上海卫生局长。下野后，他在法租界淡水路做寓公，后来又在家乡南通买地置业。就像巴金、曹禺笔下的那些旧家族一样，一部分子女花天酒地、败家毁业，另一部分子女怀着赎罪的心理寻找光明。第一个出走的是我的四姑妈，年方17岁，就参加了新四军。紧随着的是我父亲，取道上海来到苏中分区。小姑妈还在南通中学读书的时候就参加了地下党。最后,解放南通的时候,我父亲来到家中,带走了年仅14岁的小叔叔。

小学最后两年,我主要是与南通老家的奶奶,也就是我父亲的继母,还有姑妈们一起生活,所有对伯伯的印象也是从她们那里得来的。根据他们的说法,伯伯是一个败家子、浪荡子,吃喝嫖赌,五毒俱全。最糟糕的是,伯伯还是一个反革命,参加过国民党的部队,后来混入革命队伍,最后被揪出来成为右派,长期在农场劳改。在那样的年代,要找出一个更坏的形象也不容易了。

我还记得刚到奶奶家的一天,邻居沙奶奶来访,一看到我就大呼小叫:“这个孩儿长得齐整唻,眉眼儿活像他家大伯伯!”然后就开始讲我伯伯的事情:抽大烟,吃花酒,争家私……沙奶奶有一句话我现在记得特别清楚:“婊子一车车的哟。”

我小时候,父亲很少和我谈他家族的旧事,可能是出于一种羞耻感,也可能是不愿让我背上太多的包袱。但有时候他会不小心涉及这方面的话题。令我惊奇的是,作为一个有道德洁癖的老革命,他从来没有说过我伯伯一句坏话。他会满怀温情地回忆小时候哥哥带他玩的情景,他说哥哥特别心灵手巧,会用线轴给他做小坦克，做走马灯，会捏很逼真的泥人。“他真是比我聪明多了。”我父亲说。最初我爷爷给兄弟俩聘了一位家庭教师，王蘧常先生，后来是复旦大学哲学系教授，著名的章草书法家。王先生给他们布置的作文，伯伯总是很早就写好，一溜烟出去玩，留下我父亲在那里苦思冥想。

到了父亲晚年，我每次回家的时候，都有意识地引导他回忆过去的事情，谈话的内容已经很少有禁区了。有一次父亲谈到1949年渡江前夕，他的部队在如皋江边，突然伯伯从南通城里去看他，走之前脱下手上的手表，还把身上的派克金笔给他，最妙的是留下一包棒棒糖。我爸把棒棒糖全分给战友，结果一屋子的人每人都拿着一根棒棒糖在那里快乐地吮吸。父亲说起这事的时候，不由自主地露出了微笑。那确实是大时代里一个令人难忘的小场景。

再后来，我把这个小插曲告诉小姑妈。出乎我的意料，小姑妈不但没有为之感动，还气愤地说：“这支派克金笔是你爷爷专门留给我的，你伯伯看了眼红，就骗我说小孩子用钢笔会把手写坏，他先拿去用，等我长大了再还给我。”我听了差点从椅子上掉下来，头脑中顿时冒出一句网络名言：“楼主真相了。”

至于那块金表是从何而来的，就不得而知了。父亲的部队一过江，很快就打到苏州。那是个温柔富贵乡，吃货的天堂。艰苦了好几年的父亲看到满街都是好吃的，深藏心底的馋虫被勾出来了。可是身上一分钱也没有，忍无可忍之际，把伯伯送的金表到当铺里卖了一块钱，买了无穷的小吃，和战友吃了N多天。

那时候父亲既不知道金笔是伯伯从他小妹手上骗来的，也不知道他哥参加过国民党部队，带棒棒糖来是未雨绸缪，有目的的。伯伯隐瞒了他的那段历史，又参加了解放军，后又离开部队到石家庄工作。到了1957年，投敌事发，被打成右派，押送到一个边远农场劳动改造。父亲收到伯伯的信，说他情况很惨，天气很冷，衣服也没得穿，肚子很饿，妻子远在石家庄带两个孩子，十分困难，要我父亲帮助他。当时父亲在福州军区文化部工作，忠诚老实，组织性纪律性很强，自己不敢作主，跑到上司那里请示。结果出现了一个让他做梦也没有想到、我今天听来也觉惊心的场景。

上司是大名鼎鼎的蒋峻基部长，苏中新四军中的大才子，也是南通人，平时对我父亲非常关照。他听了我父亲的话，两眼望着别处，一声不吭，不说是，也不说不是。就在这死一样的沉寂中，也不知道过了多久，父亲默默地退出，最后硬着头皮，给伯伯寄了一些钱、一包旧卫生衣和一些饼干。听到这里，我对父亲说："你那时很勇敢啊。"父亲说，也谈不上勇敢，心里其实很害怕，所以也不敢给伯伯多寄。但是从那以后，他就给我伯母每月寄 20 元。伯母为了孩子的前途，已经和伯父假离婚了。再后来，伯母来信说孩子上学了，我父亲每月寄的钱又增加一些。父亲同时还每月给他在南通的继母寄 60 元，直到"文革"他自己倒霉为止。父亲当时是少校军衔，每月收入 150 元，他说除了给亲戚定期寄钱和间或帮助朋友外，剩下的钱还是够他花的，买书和唱片，还有他喜欢的零食。

1949 年长江边上的相见，就是这两兄弟的最后一面。父亲说，"文革"后，他收到伯伯的好几封信，希望能够兄弟见面。但是父亲不但没有答应，甚至没有回信。嫡亲的兄弟，都是劫后余生，又曾经相互帮助，为什么不愿意在气候尚好的人生晚秋再见面？父亲一直不告诉我原因，我也一直在进行各种猜测。直到有一天，小姑妈告诉我，伯伯当年想要独占家产，把我奶奶和她的孩子们从家中赶走，是我父亲跪在他面前，才阻止了这一家族的悲剧。也许，这就是父亲心中永远无法克服的阴影吧。

父亲去世后，我从他的遗物中找到了伯伯在 1988

年写给他，而他没有回的信——

二弟：

1949年如皋城里一晤，近40年了，千言万语，万语千言……

最近，与方易通信才与小妹联系上，也才知道你的通信地址。去年小吕（我的儿子，你的侄子）出差去南通，带回来你的照片，你的头发白了不少……

现在我考虑，在冬季以前，如我体力尚能支持，准备到南京，到上海，然后回南通老家一次，跟阔别几十年的同胞手足聚会一次。这是我的计划，近70岁的人了，能否实现？很难说……

谈谈西门房子的事。无非那几间房子，我的意思是按照合情（手足同胞）、合理（实际需要）、合法（依法解决，不留后患）的原则早日解决。至于我，我从对弟妹们的内疚出发，早就表态，我放弃继承权，一切由弟妹们处理，我不介入。最近，我又出具了一个“放弃对父母遗产继承权”的正式书面意见书……

再说严锋侄的事，前几年我就看到南通报纸发表的关于他高考以及考研究生的报导，兴奋快慰之极。当时我还在教书，将此报导交学校打印作为课外阅读材料（我没说是我侄子）分发给学生们，作为激励上进的思想教育材料。最近接四妹来信，说她在沪曾去严锋处，印象极好。孩子勤奋好学、不慕虚荣、艰苦朴素，太好了。我经上海时一定去看他……（啊，伯伯！）

该谈谈我这30年的事了。我1949年在上海考入三野特纵特科学校炮兵科，后历任文化教员、文教助理员、秘书等职。1954年转业到石家庄任中学教员、组长。1958年错被划为一般右派分子，开除公职，劳动教养，一共在里面待了21年。

1979年改正，推倒原结论，未留尾巴，恢复原职原薪……

我是以讲师待遇办退休的，你嫂嫂今年评了高级讲师，你侄子单吕在厂里担任副职领导，总的收入还可以。单吕多次跟我表示，父亲被错划为右派的那些年，叔叔给咱们很大照顾,孩子们很感激叔叔。(这些情况我原先都不知道,后来慢慢地知道了,最近从瑞荷信里才全知道的。)所以,孩子让我问叔叔有什么困难,尽管说。我认为这也是应该的……

大哥承晞(严正)

1988.10.6

戴　冰

池塘边的
约翰·克利斯朵夫

八姑爹李叔叔是个河南大汉，年轻时高大英俊，一口雪白齐整的利牙，嚼起菜来如快刀切脆藕，嚓嚓有声，节奏欢快，听上去很是让人高兴。有段时间，我甚至听他嚼菜听上了瘾，每天吃饭之前，总忍不住先看看桌上有没有诸如拌黄瓜、炒荸荠之类的菜。

李叔叔是建筑工人出身，一生最好的却是古典音乐，他曾在建筑队的同事、后来《山花》文学月刊的副主编黄祖康先生，几十年后都还记得他当年躲在工地上的一个大箩筐里读《约翰·克利斯朵夫》的情景。我也亲眼目睹过他听古典音乐时那种欢喜赞叹的神情。父亲送给他的那台夏普套机，摆在他家卧室的书桌上，放的是贝多芬的钢琴协奏曲《皇帝》，听着听着，他突然猛拍我的肩膀："注意这几声。"话音未落，喇叭里传出一串华丽铿锵的琴音，他转头察看我的神色，不等我反应，自己先愉快得哈哈大笑起来。同样是那台夏普，某次为了听出某种效果来，他撑一把伞站在阳台上，面临大雨，一面闭眼微笑，一面入神倾听，那表情沉醉之至，享受之至。我母亲提到李叔叔，印象最深的也是他听音乐，她说有时候李叔叔甚至准备好馒头和卤肉，通宵地听。某次李叔叔和八姑妈吵架，吵得很厉害，八姑妈真生气了，把李叔叔的磁带一叠一叠从屋里抱出来，全扔在院子里，其中一些由此损坏。母亲说李叔叔站在一旁，表情直可用"伤心欲绝"四个字来形容。几十年来，家里人大都被李叔叔拉着说过交响乐，对他的沉溺痴迷无不惊诧，觉得甚至语言都无法形容，只能感慨，比如九姑妈就如是表达："天呢，小李对音乐的那种喜欢哦……"

但这样一个视音乐为人生慰藉的人，生命的最后十余年，却因患病，完全无缘于斯，每念及此，我都会生出一种极大的悲凉，甚至生出对人生的一点绝望来。

李叔叔患的是精神方面的疾病。他平时笑必扬声，哭必嚎啕，大悲大喜，给人的印象十分率直天真，而这样的人往往也是异常脆弱的。李叔叔之所以发病，许多人认为正是因为他的脆弱。上世纪90年代中期，五姑爹通过朋友关系，介绍他去做了一个大工程中的小包工头。他做了没几个月，回家就常常给家里人说起他耳闻目睹的许多黑暗内幕，神态激愤，几近语无伦次，甚至歇斯底里。当时父亲就很担忧，说小李这个性格，怎能待在那样的环境里？同时也劝他，说现在社会风气就是如此，你也别太钻牛角尖……但他天性使然，又怎能豁然开朗？他就像羊落狼群，受的刺激越来越大，终至崩溃。他发病之前不久，工程负责人已经看出他神情不对，对五姑爹说："你这个亲戚好像生病了，要不让他先回去吧，我多发两个月的工资给他。"

1997年的某天，他终于发病了。当时成都九姑妈的二女儿珂珂和男友正在贵阳开激光照排店，租的店面紧挨着八姑妈家，仅一墙之隔，所以目睹了李叔叔第一次发病的全过程。据她回忆，那天李叔叔突然从工地回来，两眼亮得吓人，进家就对八姑妈说："我觉得你不如从前那样喜欢我了。"八姑妈不知这话从何说起，笑骂道："哪有这样的事？"他说："那我就来考验考验你。"于是他坐在客厅的沙发上，右手持钢勺，左手端茶缸，命令八姑妈离开，但"一听我敲，你就进来"。八姑妈虽莫名其妙,却还是照做了,而且按珂珂的说法,如此这般重复了“N 多次”。八姑妈终于觉得不对,借故出门有事,跑到珂珂的店面里躲了起来。从店面的一扇窗户可以直看进八姑妈的卧室,能看到李叔叔独自在卧室里脱衣服、又穿上,如此反复,也是“N 多次”。之后他开始四处找八姑妈,找到店面时,没人敢开门,他于是挥拳打碎了窗玻璃,就隔着破洞和珂珂说话。他说所有人对他都是虚情假意,只有珂珂对他是真的好。珂珂小时候在贵阳和她外婆,也就是我奶奶同住,与李叔叔感情最深,所以听了他的话后连连点头,说“我从小就最喜欢李叔叔了”。李叔叔很高兴,把手从外面伸进窗户,与珂珂紧握了几下……

那之后李叔叔就不时发病,轻微时骂骂咧咧,厉害时就砸东西、打人。有一次大发作,竟捏着一把水果刀,满院追他的大儿子。八姑妈吓坏了,没奈何,只得打电话到一家精神病院,要他们接进去治疗。第二天,医院派了个人来。那人挺有经验,事先向八姑妈问了许多李叔叔的事,心中有数了,见到他就亲热地招呼,说:“你不认识老朋友了?我是你那个工程队的同事嘛……”但李叔叔那天却表现得明察秋毫,说:“你别哄我了,我知道你是精神病院的医生。”最后是我的二婶左劝右说,好容易才让他跟着医生上了车。不久，八姑妈去医院探他，发现除了给他吃点镇静类的药，医院似乎也没别的什么办法，加上又看到他像犯人一样，与别的病人一起，在一间很大的会议室里排队绕圈子，情形可怜，于是决定把他接出来。他一出来就放了话，谁再把他送进去，他就对谁不客气。那之后再没人敢提送他进医院的事。

刚从医院出来的一段时间，李叔叔情绪相对稳定，八姑妈到成都住院换股骨头，他始终陪着，照顾得无微不至。八姑妈出院，就住在九姑妈家休养，他每天都会用推车推着八姑妈四处游玩，让九姑妈全家都很感动。回贵阳前，他为贵阳的亲戚每人都买了一件小礼物。

但回到贵阳不久，他的病开始频繁发作，而且一次比一次厉害，家里人都很为八姑妈担忧，怕他哪天失去控制，伤害到八姑妈，于是他的两个儿子为他在近郊的工学院附近租了间民房单独住。几个月后，他带信给八姑妈，说他想承包当地一个鱼塘，做点生意。八姑妈认为这是好事，立即给了他 4000 元钱，寄望于他有所寄托，病情能够好转。但他很快把钱花得一干二净，承包鱼塘的事自然也就不了了之。这期间他来看过我父亲一次，带来一块巴掌大的石头，说是我父亲喜欢奇石，他专门在人民广场买的，花了几百元钱。我父亲说："以后你千万别再花冤枉钱买这样的东西，都是骗人的，值不了这个钱。”他坚决地摇头，说：“没办法，我忍不住。”

那之后很多年，我几乎没再见过李叔叔。这期间，八姑妈搬了家，也不敢给他说，只每月让大儿子送去几百元生活费，加上亲戚们帮衬的钱，原本不算少，但他总是乱买东西，很快花完。那时候，八姑妈工作的电影院已经倒闭，又刚搬家，正还着贷款，两个儿子工作不久，工资也很低，根本无法满足他的欲求。于是他给自己找了份为入黔的外省司机带路的活。表弟邹欣在工学院工作，曾看到过他，穿得十分破烂，蹲在一棵大树下，树上挂着招牌，写着“带路”两个字。据说因为他每次带路进城只要 10 元，还被别的带路人打过，说他要价太低，抢了他们的生意。

九姑妈回忆，李叔叔和八姑妈虽然见面不多，却仍是相互挂念。比如八姑妈陪九姑妈逛街，看到某件衣服，就会说“小李如果穿上这件，一定好看”。而李叔叔有次遇到八姑妈的一个邻居，也请他带话说“你告诉小八，我是很在乎她的，但我现在管不了她了，让她保重”。

李叔叔住到工学院之后的六七年时间里，八姑妈几次把他接回来，又几次想要搬到工学院与他同住，都因为他病情反复发作而最终作罢。据九姑妈说，某次八姑妈在街上吃米粉，正碰上李叔叔也在，遇上后他们都很高兴。李叔叔看了八姑妈一会，说："小八，你脸色不太好，要注意身体啊。"八姑妈则说："你给别人带路，该穿得整齐些嘛。"李叔叔呵呵笑，说："我穿得西装革履的，还不整齐吗？"所谓西装革履，八姑妈说："实际上是他多年前的一套旧衣裤，早就破烂不堪了。"八姑妈这样说的时候又伤感又气愤，说："每家都搜了那么多衣服给他，他为什么不穿？"后来大家才知道，他把衣服全送给当地结交的农民朋友了。

2009 年 3 月，李叔叔猝死在他寄居的民房里，年仅 65 岁，原因估计是突发心脏病。据表弟说（他是第一个开门进去的人），李叔叔遗容平静，临终前应该没有太大痛苦。为李叔叔守灵的整个晚上，他的大儿子，小名"小迷糊"，始终在唠唠叨叨跟他父亲说话。他说："爸爸啊，你这辈子实在太苦，不过你现在不在了，也就别再怪妈妈不照顾你了，她也是没办法呀……"

我平生少为这样的事流泪，并非所谓"死去何所惧，托体同山阿"之类，而根本是"天地不仁"，但那天我哭了。

至情至性与赤子之心，我以为正可概括李叔叔的平生行迹。九姑妈回忆，某年李叔叔的老母亲从河南专程到贵阳帮他带刚出生的儿子，我奶奶要请老人家吃饭。李叔叔认为这是极郑重的事，于是为老母亲换上全身新衣，自己也装扮齐整，然后背着老母亲，徒步5公里，从火车站当时他们住的房子一直走到中华南路我奶奶家。我不知道他为什么不坐公交车，也许他以为这正是表达郑重的一种态度吧。

李叔叔死后，妹妹写了一篇题为《死亡功课》的博文，里面有这样的话："……留在记忆中的还有姑父英俊脸庞上深刻的痛苦，后来我才意识到，我其实目睹了一个善良得近乎脆弱的灵魂崩溃的漫漫过程。"我也曾想以李叔叔为原型写一篇小说，题目都想好了，叫《池塘边的约翰·克利斯朵夫》，但因种种原因，至今没能成稿。

九姑妈算过时间，说李叔叔和八姑妈在米粉馆遇上的前后，差不多就是八姑妈开始便血的时候。不久八姑妈就被诊断患了癌症，缠绵病榻数年后，也于2009年11月去世，距李叔叔过世仅数月之隔。李叔叔过世后，八姑妈在同一个墓穴里为自己预留了位置，所以他们最后是合葬一处的……

有个场景，我有时觉得近如昨日，有时又觉得远如隔世。那是八姑妈就要和李叔叔结婚的前夕，我突然从父亲嘴里知道这个消息，大感新鲜，某晚临睡前就忍不住去逗八姑妈,我伸头进屋,说:“八姑要结婚了啊?”八姑妈坐在床上,正准备脱衣睡觉,听了我的话后什么也没说,只微微一笑,虽然面对的只是一个孩子,但那笑里仍有掩饰不住的羞怯和喜悦,至今令我感动。算算,我那年大约6岁。

不知李叔叔的那数百盒交响乐磁带怎么样了?这么多年无人问津,想必也和它们曾经的主人一样,支离残破,最终化为了尘泥吧。

黄德海

受　耻

每次过年回家,我总是先站在门楼前,望一眼那家人的房子。多少年了,整个村子都盖起了红砖红瓦的新房,只有那家的房子还是泥坯草顶。风刮雨淋,抹平的泥剥蚀进去,里面的泥坯支支楞楞地露出来,仿佛随时会塌。

我记事的时候,这家的男人腰已经弯得厉害,后来见到他,简直头都要弯到身体的一半了。据说他年轻时在生产队很风光,打了粮食装麻袋,一百五十多斤,他经常两条两条地扛。有一年他牵牛犁地,牛被他打得犯了犟,四蹄腾空,眼看就要撒野,他居然拽着缰绳,硬生生地把牛给拉趴下了。他后来腰弯得厉害,大概跟年轻时不知惜力，累伤了腰有关。

这家的女人高高瘦瘦，衣服常年耷拉在身上，走路拖拖沓沓。脾气大，人却很大方，不管家里怎样困窘，只要别人送去礼物，她必定双倍奉还。有一阵查出得了恶疾，没钱治，她就拜神吃草药，竟也从此不再恶化，不过人更显得病恹恹的。

老两口没有生育子女，有人把自己的第四胎女儿丢在他家房后，他们捡回家，草坯房里才有了孩子的哭声。孩子给这个家带来了很长时间的活力，但这活力也随着孩子长大慢慢消失了。孩子要上学，而上学是要学费的，这对他们夫妇来说绝非易事。勉强上完小学，孩子就退学回家，帮着驼背父亲干活。那些年，夕阳西下的时候，经常看到一个黑黑小小的女孩牵着庞大的牛走在路上，佝偻着腰的父亲在后面一探一探地跟着。

父亲越来越干不动农活了，却每天喝酒，喝醉了就和老婆吵架，经常被老婆挠得脸上一道一道。第二天出门来，有些地方结了痂，有些地方还看得到血印，伤口上渗出油黄的颜色，见了人就讪讪地笑。大概女孩十六七岁的时候，家里的日子眼看着过不下去了，只好狠下心，让孩子到城里打工。

有次回家，我偶然见到了那个女孩。头发焗了油，干干黄黄的;脸上化了浓妆,红红白白;说话也字正腔圆,乍听还以为是新闻联播的播音员。后来听人说,这个孩子现在发廊工作,学的是城里人的做派。

有一年,这女人到我家来找母亲说话。她说她问闺女,以后会不会给他俩养老送终。女儿似真似假地说,不。女人很伤心,说,这是拿实话哄人啊。年三十晚上,女孩的电话打到我家里,叫她妈来接,说她跟男朋友去南方度假,过年不回来了。那女人听了,就在我家里艾艾地哭,唠唠叨叨地讲,前年在东北,去年在新疆,今年又去了南方,这是不要他们俩了啊。

如果不是后来有人喊她去叫魂,那天晚上她会一直哭下去吧。听到有人叫,她很快擦干眼泪,跟着来人去了。

她是乡村里那种稍微特殊的女人。这种特殊女人有一项奇特的本领,或者会治疗眼疾,或者会叫魂、安魂,如此等等。麦芒或风沙吹进人眼睛,她们把眼皮翻开,对着吹几下,然后嘴里念念有词地嘀咕上一会儿,眼睛便恢复如初。小孩受了惊吓,打哆嗦或发烧,她们放一张旧邮票在小孩身上,念念叨叨折腾一阵,小孩子几乎立刻就可以下地疯跑。或者有人无端腿痛胳膊痛,家乡人会觉得是不知哪个过世的亲友在促狭,督促人们在平静的生活中想起他们,她们会帮着找到是谁在恶作剧,然后对着他们去世时的方向烧几张纸,祷告几声,有时还用上驱赶的语言,病偶尔也能霍然而退。

大约十一二岁的时候,我生了一场奇怪的病。每到下午,就开始发烧,打上退烧针,便难受得更加厉害,有时候会在床上滚来滚去。如此持续了十几天,人就没了精神,眼神看东西都是散的。见惯世事的奶奶伤心地说,这孩子的命怕是保不住了。无奈之下,母亲就带我到这个女人家里去看。那次的怪病,最终被确认为掉了魂,那女人教了母亲一个办法,我约略记得是把桃枝和一双旧鞋压到枕头底下,然后往某个方向烧香之类。如此这般,我睡了一觉,第二天,病居然真的好了。

我不知道这些奇奇怪怪的事怎么解释,问她,她也说不出个所以然,只说她们这行都有自己的师父,不是祖祖辈辈传下来,就是在稀奇古怪的场合有人教的。学会本领的同时,还附带一些特别的要求,比如,她们都要受耻。

这些人,大概是因为泄露了天地的秘密吧,到过年时节,鬼神齐集的时候,要在鬼神面前忏悔自己泄露天机的罪,她们称作受耻。因一年来对人的善意,要在大年夜里让鬼神把罪降到她们的身上,用受耻的方式,弥补鬼神惩罚不能落实的失望。

前年回家，再看一眼她家的草房，终于换成了红砖的，只是比相邻的矮和窄很多。三十晚上下雪，我和父亲半夜出去拜年的时候，看到那个女人站在大街正中，面冲北，垂着眼，笔直地站着，嘴里念着些什么。父亲小声告诉我，这就是受耻。

拜年回来的时候，雪下得纷纷扬扬。女人还瑟缩地站在那里，落雪积起来，把她的双脚盖没了。

俞晓群

只想听一听音律
娱乐一下

听林志炫演唱 *Opera*，全曲长四分钟，没有一句歌词，也没有肢体表演，只一个“啊”字，一唱到底。林志炫说，这样的神曲一天只能唱三次，再唱会发不出声音。

Opera 原唱维塔斯（Vitas），俄罗斯英俊少年，当今海豚音的翘楚。他演唱此曲时，如鬼魅般的声音摄人魂魄，使整个世界为之倾倒。我却更喜欢林志炫的演绎，喜欢他的风度，喜欢他委婉的声线，喜欢他内敛的东方情调。

闭目聆听，如见一条白色丝带，在天海间飘荡。天与海，极目一色，湛蓝欲滴。我的思绪随之游弋，走向远古……

早年读古代典籍,最感慨之处是古人对音乐的崇尚与政治化。他们说:只知声不知音的人,无异于禽兽;只知音不知乐的人,只能做庶人;只有君子才知道乐的原理。君子"审声以知音,审音以知乐,审乐以知政,而治道备矣。是故不知声者,不可与言音,不知音者,不可与言乐;知乐则几于礼矣"。(《礼记·乐记》)

孔子名言:"君子三年不为礼,礼必坏;三年不为乐,乐必崩。"把礼与乐抬到等同的高度。司马迁阐释:乐和民声,礼节民心;乐者为同,礼者为异;乐由中出,礼自外作;大乐必易,大礼必简;乐至则无怨,礼至则不争;大乐与天地同和,大礼与天地同节;乐由天作,礼以地制;仁近于乐,义近于礼;作乐以应天,作礼以配地。正所谓:"夫上古明王举乐者,非为娱心自乐,快意恣欲,将欲为治也。正教者皆始于音,音正而行正。"

在这样的界定下,音乐有了高低、善恶之分。自古有治世之音、乱世之音和亡国之音的区分,它们都有许多故事。

先说治世之音。黄帝之《咸池》,包容天下德行;颛顼之《六茎》,预示对民众施行恩泽;帝喾之《五英》,有英华茂盛的含义;帝尧之《大章》,是阐扬彰明的意思;

帝舜之《大韶》，是承继帝尧的恩泽；帝禹之《夏》，其意为大，总汇尧舜的德行；成汤之《濩》，意在拯救下民；武王之《武》，主张以武力平定天下；周公之《勺》，表示酌取先王之道。

这样的音乐好在哪里呢？当孔子在齐国听到帝舜时代的乐曲《大韶》时，称赞道："尽美矣，又尽善矣。"他激动了很长时间，不知道肉的滋味。当他听到周武王时代的乐曲《武》时，又叹道："尽美矣，未尽善矣。"美则美矣，只是杀气太重。

再说乱世之音。子夏列出了四种乱世之音：郑音、宋音、卫音和齐音。他说："郑音好滥淫志，宋音燕女溺志，卫音趣数烦志，齐音骜辟骄志，四者皆淫于色而害于德。"卫灵公时，卫国的乐师师涓善于制作新曲，用它们取代古声。他曾经创作了四时之乐："春有离鸿去雁应苹之歌，夏有明晨焦泉朱华流金之调，秋有商风白云落叶吹蓬之曲，冬有凝河流阴沉云之操。"师涓演奏这些乐曲时，卫灵公沉湎心惑，忘了政事，所以大臣规劝道："虽然这些曲子发扬气律，但它们终究是靡靡之音，与风雅不相符合，师涓是不应该让君王听这种乐曲的。"

最后说亡国之音。有名的如桑间濮上之曲，它产生于商代乐师师延之手。师延才艺高超，他"抚一弦之琴则地祇皆升，吹玉律则天神俱降”。由于他不肯为纣王演奏淫乱的乐曲，被囚禁在阴宫之中，准备处以极刑。师延在狱中演奏古雅乐曲，纣王听到后说：“这是远古淳正的乐章，不能给我带来欢乐。”仍然不解除对师延的刑罚。师延无奈，只好演奏一首“迷魂淫魄之曲”，纣王听后乐不可支，终日不倦，这样一来师延才逃脱了炮烙之厄，但是殷商却由此而灭亡了。师延听到周武王伐纣的消息后，抱着乐器投入濮水之中。

到了春秋时期，有一次卫灵公在去晋国途中，来到濮水之上。半夜听到一种奇妙的鼓乐声，而他周围的人都说没听到。于是卫灵公将乐师师涓召来说：“我听到一种鼓乐之声，我周围的人却都没有听到。这里一定有鬼神在作祟，请你再倾听一遍，并且记录下来。”师涓按照君命正襟危坐，一面抚琴，一面倾听，并且把它记录了下来。第二天，师涓对卫灵公说：“我已经得到了这首乐曲，但是还需要练习一下，才能演奏。”又过了一天，师涓说：“我已经演练好了。”于是他们来到了晋国，见到晋平公。平公在施惠之坛上，设酒宴请他们。喝了一阵子酒，灵公说：“在来晋国的路上，我听到了一首新的乐曲，希望能在这里演奏一下。”平公说：“好吧。”于是，师涓坐在晋国乐师师旷的旁边弹奏起来。一曲未终，师旷制止了师涓的演奏，说道："这是亡国之音啊！不能听。"平公问："为什么是亡国之音呢？"师旷说："这首乐曲系商代乐师师延所作，是一首靡靡之乐。武王伐纣时，师延抱琴投入濮水之中，所以你们一定是在濮水上听到这首乐曲的，最先听到它的君王，会给他的国家带来灾难。"平公说："我只是喜欢它的音律，请继续弹吧。"师涓便继续演奏完了这首乐曲。

曲终之后，晋平公说："没有比这首乐曲更感人的音乐了吧？"师旷说："有。"平公说："可以演奏一下吗？"师旷说："不行，因为君王还没有达到那样的德行和境界，不能听。"平公说："我只喜欢它的音律，请演奏吧。"师旷不得已，只好演奏起来。乐声一起，天空中飞来了一群红色的仙鹤，聚集在宫门前，又演奏了一会儿，仙鹤延颈而鸣，舒翼而舞。

平公大喜，站起来向师旷表示谢意。又问道："还有比这首乐曲更感人的音乐吗？"师旷说："有。当年黄帝的乐章可以惊天地、泣鬼神，但是君王没有达到那样的德行，听了就会带来灾难。"平公说："我已经老了，只想听一听音律，娱乐一下，请演奏吧。"师旷无可奈何，又演奏起来。当演奏第一段时，有一团云雾从西北方涌起，再演奏下去，狂风骤起，大雨忽至，吹飞了房屋上的瓦砾，人们四处奔逃。平公惊恐万状，伏在地上瑟瑟发抖。此后，晋国大旱三年，五谷颗粒不收。

一梦醒来，*Opera* 还在耳边余音袅袅。我悟到，如今世事变迁，许多时候，政治都可以走向娱乐化、低俗化，音乐失去高尚的意义，也没有什么奇怪了。

李　皖

油菜花开的季节

把马常胜《油菜花开的季节》(2012 年,台湾风潮音乐出版)推荐给一位朋友听。在浙江东南,天姥山下,这位朋友站着把它听完了。那是元旦过后的一夜,大雪落过,宁静的山乡,窗外明月朗照,四野寂白。风声、水声,大自然中种种微妙的声响,接续了歌声、乐声,把这一光明之夜延续得很长。

不是非要站着的,但是乐声响起,他就伫定在那儿了。朋友说,喜欢听,又不忍听。此后,许多个夜晚,这张唱片时时伴随着他,是如此珍贵,不忍触碰,不忍多闻。

我也有类似的感受。又把这张唱片推荐给了一位同事，他也这般珍惜。

《油菜花开的季节》内含 8 首曲目。5 首是佛咒：《释迦牟尼佛心咒》《金刚萨埵百字明咒》《莲师除障平安经》《文殊菩萨心咒》《六字大明咒》。3 首是马常胜自己写的词：《油菜花开的季节》《随愿而来》《秋鹤高鸣》，也都是参悟证道的歌曲。我们几个，都不是佛教徒，打动我们的并不是佛教的教义。

马常胜祖籍江苏，上世纪 70 年代出生于青海，出生地在海西蒙古族藏族自治州都兰县。都兰县位于青藏高原北部，是个天远地阔的大西北牧区，马常胜在那里生活了 15 年。之后，随父母迁至南京。六朝故都的古城墙、山陵与江水，芳草萋萋，烟雨苍茫，又是一番景致。

出于对音乐的兴趣，马常胜去了北京。又是经年，漂泊到了广州。1995 年或稍迟，他开始在广州的酒吧里弹夜场，做摇滚乐，角色是乐队吉他手。

其时，中国摇滚风气正盛，许多青少年受了感召，离开家乡奔赴大都市，漂泊、苦闷又疯狂。马常胜也是其中一员，是城市黑夜之中那种长发飞扬的电吉他手。不揣冒昧地猜测，他一定也做过摇滚吉他英雄的梦。

但这个吉他手，有着与大多数人都不一样的少年经历，马常胜后来称之“前世宿缘”。青海都兰盛行藏传佛教，在牧区的羊场，少年马常胜常能看到喇嘛和朝圣者虔诚的身影，行走于亘古的苍茫大地。在北京学艺期间，马常胜回了一次青海。在塔尔寺，一位修行隐者向他说了一番似有预言性的话。第一次，佛教与他有了直接触碰，并碰出了他心里的动念。

几年后，吉他英雄的梦黯淡之后，马常胜拜竹旺财坤仁波切为师，成了藏传佛教弟子，修习密宗。

在一次采访中，马常胜这样解释他的这一次转变。他说，并非是发生了什么重大的变故或意外，只是长大后感觉到，生活中有太多的冲突与矛盾，纠缠于心，无法化解，而佛法像开了扇门，从中能找到内心的平和、安定。

此后的马常胜，逐渐变了个人。摇滚歌手的履历，迅速地被抹去，在他的身上完全不见了踪影。他开始习古琴，开始爱好藏石，读古书、赏古器、弹古乐、访古城、交游有古代传统喜好的文人雅士……仍然是居住在广州这一个闹市中，但是他却慢慢地变得像是一个当代古人，扎一支马尾，身形落拓、沉默寡言。

他持咒，这是他作为密宗修习者的主要修行方式。他有个法名，叫“扎西贡琼佩杰”。

《油菜花开的季节》，就是这过程中结的一个果。

从表面的形态看,《油菜花开的季节》会被视为佛曲或新世纪音乐,现在风潮唱片的确也是这么归类的。其内在的一些因素也支持这种看法:《莲师除障平安经》,曲源是哲蚌寺坚赞旺久上师的念颂;《文殊菩萨心咒》,曲源是萨迦派上师蒋扬根嘎仁且仁波切传下来的。但只有这两首,是自上传下来的传统佛曲,其他都是马常胜自己的作曲。从编配形态看,也确乎很新世纪,但它没有大多数新世纪音乐的肤浅轻浮,音乐很根性。

有两个东西决定了《油菜花开的季节》其实是属于一个奇特的品类,即古琴吟唱和诗咒吟唱。吟唱,是当代民谣中很常见的东西,但马常胜的吟唱取法古人,与当代民谣中的吟唱路径并不同一。他的曲调别开一境,别具一格,虽为吟唱,但尤有转音的奇妙、呼吸的收放,完全在现有模式之外,出人意料,却又自然自在,毫无强作。

我猜测,这样的吟唱曲,可能是接续了今天已成为细末之流的某一种古老的传统。

一个叫"风吹阑唱"的人,从行文看是马常胜的朋友,这样描述马常胜的歌曲:"一波三折的旋律,娴熟运用戏曲元素,不油滑,无痕迹,这是与现今运用了戏曲元素的流行歌曲最大的区别。戏曲讲究个'昆底',传统音乐也只有铺上‘昆底’,才是上乘。”(风吹阑唱:《大音——马常胜的琴乐世界》,《中国人物传记》2012 年第 10-11 期)这种描述语汇和相关概念,与当代各类歌曲所使用的美学范式均不同。

马常胜在新浪有个博客,从中可觅见其读书、思索、修养的些许踪迹。他常引古书,尤喜古代诗论。有一篇文章,《琴歌的传统和演唱》,大意说:

琴歌,即边弹古琴边即兴吟唱,有着很悠久的传统,直到元代还与独奏的形式并存。现存明代二十多种刊本谱集之中,有旁词的琴曲仍然不少。但从明代中期起,琴坛渐渐有排斥琴歌的议论。到了清代,“士流”的弹琴家都崇尚虞山派,而虞山派是排斥演唱只讲演奏的。于是那些还在演唱的弹琴家,就被看作是不入流的江湖艺人了。琴歌不像戏曲家强调“字正腔圆”,而是讲究“字真韵或咏透”,要求在四呼开合上求真,要求四声阴阳的透韵。(见《查阜西琴学文萃》,中国美术学院出版社,1995 年 8 月)

这些文字,隐约显示了马常胜古琴吟唱的来历。它独特的曲调和韵味,可能正是来自这些方面。《释迦牟尼佛心咒》《油菜花开的季节》《金刚萨埵百字明咒》《莲师除障平安经》《文殊菩萨心咒》5 首,配器中都用到了古琴、笛、箫、古筝，不同于当代流行音乐和民族歌曲中的做法，这些应用极有古典的法度，充满古意古风。从相关资料可知，抚弦弄歌的马常胜，古琴始学于岭南琴家吕宏望，其后师从古琴名家姚公白。这两位先生，均为琴派正宗。岭南派走的是古朴、刚健、爽朗、明快一路，姚公家传琴法则重明快、精当、淡雅、寓动于静的琴风，并以右手轻灵、下指干净、挥洒自如的特点著称于世。

至于诗咒吟唱，则与马常胜的宗教修行有关。近十年来，我陆续听到各种佛唱专辑，林林总总几十种，少有可入耳者，似乎都在佛法之外。马常胜的唱，终于印证了我对佛家唱诵的想象，一声而入心，一曲而入青渺，苍苍莽莽，法喜盈满。

马常胜在一次访谈中透露：这些心咒梵音，都是自己念咒满百万遍后才唱诵的，所以才会有如此殊异的感受。

我觉得，完全就是因为因承了这些古老的美学、师承、修养、态度、技法，才造就了《油菜花开的季节》独特的美。它再次提示我们中国古典艺术不同于现代、不同于西方的那种路向，以及这种路向所抵达的美学境界。不只是字面表达的那些意思，也未仅见得是那些密宗咒语译解出来的教义，马常胜的乐音和歌声，同时也是这些声音：花开花落、云起云消、山涧飞瀑、光风霁月、友人对谈、炉火炊烟、薄暮灯光、苍茫山色、野花寂寥……是的，这些你都能听到。这声音宁静深远，安定人心，让人越来越深地沉默。沉默中心物渐渐合一，再无杂想。

马常胜的吟唱声，松弛舒展。以古琴吟唱诗咒，以吟唱涤荡尘心。柔软、慈善的字词吐纳中，渐渐似浮出一个微笑，辽阔寰宇中似无所用心的一个微笑。

《六字大明咒》，“嗡嘛呢呗咪吽”，就这么六个字，一遍遍地唱诵，却如海潮起伏，叠进连翩妙意，又像宇宙的力量，一层层涌起，丰盈充满，在整个时空中踏实展开，一环环紧扣着呼吸的绵密沉稳。无言感动，却并无情绪的波动翻涌。

每首歌都有心咒持诵，是竹旺财坤仁波切上师面传亲授的密法。除这些心咒之外，马常胜自己作的词，虽为悟道证法之语，却也充满了乡愁、母爱、感恩、爱慕的转喻。

《秋鹤高鸣》起音高兀，用到了马常胜年少时擅长的电吉他。丰厚的摇滚乐和流行音乐质感，是这些宗教歌曲的另外一面特色。词曰：

起风了 我来得准时
看你吹乱的长发和云的衣衫
我离你三步之远
仍然可以听见秋鹤高鸣
和你两步之内的和弦

“你”,像是《诗经》中美丽不可方物的少女,其实却是指绿度母。借由着开头和结尾一遍遍唱诵的绿度母心咒,这诵唱一圈比一圈更切近地入了沉静的虚空,越来越苍远,却也越来越圆满。虚空中一切入灭,却也做着功德利益、慈悲护念、诸愿圆成、如意自在的最广大的许诺。

谈瀛洲

听姚公白师弹《孤馆遇神》

琴曲《孤馆遇神》，说是遇神，其实是遇鬼。关于鬼，古人总有种种的忌讳，琴曲叫“遇鬼”比较难听，就叫“遇神”了。涉及鬼的琴曲本来极少，我所知道的，除了清代张鹤（字静芗）所著的《琴学入门》一书中收的《古琴吟》这首入门小曲外，就是《孤馆遇神》了。

明代的《西麓堂琴统》一书是这样描写曲情的：“嵇康夜鼓琴王伯林空馆中，见八魅踞灯下，因叱之。对曰：‘某周时伶官，赐死于此，腐骨未化，愿求迁转。’明发语伯林，掘得遗骸葬之。夜梦八人罗拜而去。康神其事，乃托此弄。”也就是说，嵇康借住在朋友王伯林的一座空宅内,夜间遇到八个周时古乐工的鬼魂。嵇康毫不惧怕,反而呵斥它们。

古人似乎认为鬼魂是欺软怕硬的东西。人遇见鬼如果胆怯害怕,鬼就会作祟;如果人见到鬼毫不畏惧,它们反而会服软退却。果然鬼魂反而跪拜于嵇康之前,并自述为周时被赐死的乐工,应该是没有得到很好的安葬,所以鬼魂至今稽留人间不去,并请求嵇康为它们迁葬。第二天早晨嵇康跟王伯林说了,果然在这所空宅中掘出了这些古乐工的尸骨,并将其改葬他处。晚上,嵇康又梦到鬼魂前来拜谢。他觉得这一经历很神奇,于是作了此曲。

按照这个说法,这首曲子还是嵇康的作品。当然,今天我们已经无法确切知道这首曲子是否是嵇康的作品了,在明以前也没有这首曲子传承的记录。因为嵇康的名气实在太响了,而古人又常有把自己的作品假托前代名人所作之举,所以给此曲打谱的姚丙炎先生认为,“应非嵇康之作,就传谱时期来看,应是明代以前作品”。

从二〇〇六年到二〇〇八年,我从姚公白老师学习了两年的古琴。姚公白老师是创立姚门琴派的姚丙炎先生的公子,和姚公敬先生一起,传承和发扬着姚门的琴艺。

那是在一个炎热的夏日，第一次在他家里听他弹奏此曲。

姚师怕空调的冷风，所以房间里只有一台小电风扇，轻轻地输送着一点热风。正是在这间闷热的小房间里，他在教我弹此曲之前，先把全曲弹奏一遍给我听。

在《西麓堂琴统》中，《孤馆遇神》被写作"无媒调慢三、六弦"。姚老师解释说，所谓"慢"就是放松或者调低琴弦的意思，也就是把原来处于正调状态的琴弦的三弦和六弦都调低一个小二度。

姚老师把左手中指点在琴面上，凝神片刻，就开始弹了。

《西麓堂琴统》里的减字谱，把全曲分为十二段。琴曲的第一段是引子，姚老师弹奏得缓慢、跌宕。琴音是散（散音，左手指不按弦）按结合，以散为主，我的理解是乐曲在描摹借住在王伯林空馆中的嵇康，傍晚时正在山野或庭院中漫步逍遥的场景。

第二段原谱题为"端坐"。第二段后半部分的旋律，被从下准（低音）部移到上准（高音）部演奏，还加了两段泛音（泛音是在左手手指轻点琴弦的同时，右手指拨弦发出的一种清亮的乐音）。姚师这时弹的节奏已经稍快,但曲子的音调仍是轻快闲适的,似可理解为嵇康回到空馆中,轻松愉快地端坐抚琴。

第三段题为“鬼见”,“见”字应读作“现”。这时轻松闲适的气氛忽然一变,曲子又移到琴的下准部演奏,姚师下指沉重,节奏由慢渐快,气氛突然变为紧张。天色已经漆黑,这时鬼魂已在荒野或孤馆的庭院中现身。

第四段题为“怪风”。说是一段其实只有三下拂、滚,从一弦拂到七弦,再从七弦滚到一弦,然后又从一弦拂到七弦。果然有一种阴风乍起、飞沙走石的感觉,我坐在姚师窄小闷热的琴室里,却感到了阵阵凉意。

第五段“雷电”。姚师右手捻起一弦、四弦拍击在琴面上,如闪电迅猛击中大地。顿时他的小室中,回荡着雷电的轰鸣声。鬼魂的出现,得到了天地震荡的回应。也许在闪电光中,嵇康第一次瞥见了鬼影。

接着姚师弹第六段“喝鬼”。三下双弹,中、食二指如重锤般击中一、二弦,同时发出大二度的不和谐声,状如嵇康的厉声叱喝。然后用中指推出古琴上最粗的一弦,发出“嗡嗡”的沉重振荡声,如同叱声在空屋中回响。

这时,姚师说:“恐怖的来了。”他开弹第七段“鬼诉”。在五弦、六弦的十徽处,他迅疾地弹出几个泛音,如同鬼魂迅疾现身跪拜在嵇康面前。听到这里，虽然是大热天，我也是寒毛直竖，毛骨悚然。

后面是一段用按音弹出的如泣如诉的旋律，仿佛就是鬼魂的怨诉。这些乐工死后被草草掩埋，所以魂魄一直不安。骸骨就在这所空宅中，现在鬼魂请求嵇康替它们迁葬。这时，姚师使用吟猱绰注的手法，来表现这一段旋律的歌唱性。古琴虽是弹拨乐器，但能有歌唱性，靠的就是吟猱绰注等手法。

后面"鬼出"和"呼天"两段，都是散音和泛音结合，尤以泛音为多。也许是表现鬼魂带嵇康走出屋子，指示葬处，然后悲痛地诉说自己千百年来的凄冷生活。泛音是鬼魂的泠泠之音，而散音也许是嵇康低沉的男声，散音和泛音的结合，象征着人与鬼之间的对话。尤其是从"鬼诉"这一段里就开始的泛音，从三弦七徽一直上行到三弦二徽，然后在"呼天"这一段的后半段从二弦二徽一路下行直到二弦十三徽外的暗徽。这种在一条弦上的泛音的用法，如姚丙炎先生所说，"在琴曲中也是少见的"。我想可以理解为八鬼的不同声调，也可以理解为鬼魂的控诉声越来越凄厉，呼应"呼天"的题意。

最后三段，则分别题为"曙景""鸡唱""击鼓"。经过一夜的风雨雷电和鬼魂的诉说，黑夜已经过去，白天到来。雄鸡开始鸣唱,鬼魂也纷纷散去。最后一段中五下雄壮的撮(右手两指同时往相反方向拨弦发出的雄壮的和弦声),表示“击鼓”。嵇康击鼓请做官的朋友王伯林升堂,告诉他昨晚的见闻,请他发掘乐工的遗骸,好好地迁葬。也就是《西麓堂琴统》所说的“明发语伯林,掘得遗骸葬之”的意思。

经过姚老师的指点之后,我就回家自己摸索了。

晚上自己在灯下习练,弹到那一段表现鬼魂现身的恐怖的泛音时,说来也巧,房间里的照明灯泡可能因为接触不良,突然发出“嗞嗞”的声音,而且忽明忽暗地闪了几下,把我惊出一身冷汗。

汪涌豪

时间汤中的平田老人

日本是温泉之国，不仅泉多、品质好，更难得的是历史悠久、文化独特。有人以为，一部人类洗浴史，哪里的习俗文化不精彩？就说欧洲的温泉宫，不也引动人的历史悬想吗？这话自然没错。只是，较之泥浴、砂汤、气蒸、跌打等繁富多趣的名色，还有水边岩下邀风揽月的禅意和风雅，其终究稍逊一筹，却是不争的事实。

很早以前，日本神道就已有水边净身的仪规。奈良时，受佛教浴德说影响，其风愈加炽盛。天皇参拜神社，得先去温泉净身，是为“汤垢离”。一般人祛病祈福，也常行汤浴的仪式。由此温泉与佛寺有了密切的联系，许多温泉的“开汤缘起”也都与僧人有关。如有马温泉就是行基和尚开其再兴之基的，修善寺温泉则由弘法大师开掘。僧人由修治而行“施浴”的善举，使原本单纯的洗浴有了别一种深意。

现在去奈良东大寺，还看得到当年僧人为信者准备的浴缸。法华寺中，光明皇后替千人施浴还愿的传说，在列岛流传也广。以后，名汤不再由贵族、武家独享，转而向一般庶民开放，所催生出的室町“汤屋”与江户“钱汤”，给原本悠久的温泉文化平添了许多世俗的风情。不过饶是如此，清心必先洁体的训教还是被保留了下来。对此，外人多不理解。尤其是西方人，猝遇此男女杂凑的无遮大会，不免心生嫌恶。毕竟，佛教是东方的哲学，此刻又与日本的传统相结合，西人不解，并不奇怪。

直到今天，对于《万叶集》《古今和歌集》中歌者对温泉之旅的吟唱，还有《浮世风吕》中式亭三马对群聚洗浴的称扬，以及那种将人赤坦相对的自在天然与忘却贵贱并无欲无求的佛教境界相联系、以为此即天下受教育的最佳门径，包括名诗人田村隆一所说的，懂得此事方能知晓人情的观点，许多西方人仍以为是无稽之谈。至于将温泉视作人与地狱的交境，生命再生地与谢世之所的互体，更不易得到其了解了。可是，日本人祖辈的游记中并不缺少这样的记载，且实际生活中，直到近代，将垂死的亲人抬去温泉等待奇迹，也常见于列岛的田舍与乡野。文化间的隔阂真是比山海还大！

我因在日清闲，常去大分县泡汤。那一带东临别府湾，西接鹤见山脉，地下岩浆流动造成的火山，给当地带来丰沛的泉源。有史迹可考，早在五万年前，这些泉源就已被人利用。故九州人称山是富士，海是濑户内，若论温泉，必是别府。乍听之下，你会觉得这样的说法太过自夸，但考虑到那里的涌泉多达一千七百六十一个，居全日本第一；每分钟涌出量十万升，仅次于美国黄石国家公园；且世界上的温泉共有十一种而它占其十，说这里是日本首屈一指的温泉天堂，确实不是托大。尤其是，随着岁月的迁积，有汤脉的地方出温泉，有温泉的地方起人家，人家集而“宿坊”兴，“别府八汤”的名头更是冠绝天下。

不过，给我留下深刻印象的不是“别府八汤”，而是汤布院附近一处无名的温泉。此泉藏在半山的龛岩底下，周围林木葳蕤，并无标识。稍远，有一条小溪从山间流出，水势甚大，想是源头虽多浮荇潦泥，终不致淤塞。溪中有鱼，游动时，脊背撞碎日影，泛开一片粼光。与友人同去的那次，正值初夏，池水温度之适宜，简直让人以为老天真有留客的诚意。不久，清风徐来，顶上生凉。看着周遭景物明澈如芭蕉的俳句，而万喙息响，更无人迹，再想到山间林溪，将要到来的初夏萤火，掬水月在手的闲逸与安雅，当时的我，真有一种坐待黄昏的清想。

过午，空气中蒸腾出草香，我似被绸缎轻裹般在温泉中睡去。此时来一老者，头童齿豁，泡汤之物一应俱全，却只是褪尽衣衫冲洗，并不下来。怕他着凉，友人出声招呼，他只漫应了一声，人却不动。好一会儿，才起身去溪边钓鱼。此地僻冷，鱼也痴，不仅不知躲避，还直撞钩。很快，老人的浴桶就装满了。但见他麻利地将桶倒扣，将鱼悉数掷回水里。我为此举豪荡中透着菩萨心，于是凑前搭话。

老人姓平田，不但知道砂汤早见于中国的《千金要方》，还说得出《水经注》中就已有以汤治病的记载。我惊讶其积古，正想用《楚辞》的浴兰沐芳和《荆楚岁时记》中的“浴兰节”应付时，他已用老派的敬语发问了：“此地温泉治好过与蒙古交战的兵士，你可知道？”我只知战国时代，武士受鹤鹿等动物用温泉疗伤的启发，常用此清洗伤口，故信州有真田幸村的“秘汤”，甲州有武田信玄的“隐汤”，但本地温泉的故事，确实不知。老人来了兴致，以一口关西腔，如数家珍起来。接下来的两个小时，借着友人的帮助，我收获了一大摞九州的历史故实。

“可惜，早先温泉都是自然涌出，现人工掘井抽水，有的深至千米，汤道、温度和水质都差了。”老人感叹道。其实，日本早在昭和年间就颁布了《温泉法》，民间又有“秘汤保护会”等自发组织，除个别不法商家往清水里加温添硫磺外，这里的温泉行业还算是经营有序的。但老人不这么看。他的意思是，好汤须在山中，须是纯正的和风“民艺调”，须是节制规模至于一泉一店的“一轩宿”。“早先农闲，人们带上米、酱油和被子，去的就是一轩宿。现在倒好，都改成西式的温泉酒店。简直胡闹。要道歉！”我因平日受人招待或自己休闲都去酒店，此刻尴尬得只有噤声。

渐渐天色向晚，我们终究要走。但老人全无去意，还有下文。原来因喜欢泡汤，他年轻时就常常独自离家来此。常去的内汤宿坊是一对母女开的，母亲干练，不易亲近，但女儿只是温婉。他爱吃女孩做的河豚料理、关竹荚鱼，不免常去，去多了不免囊中羞涩。母亲不肯赊账，更不用说施浴，少不得女孩常塞他“汤游帐”抵用。“她木屐拖出的声音也与别人不同。”老人轻声道，“后来我们还一同去过九重町的筋汤温泉！”“好像是本地有名的高山跌打温泉,能治筋骨酸痛。”我漫应着。“她告诉我想看熊本的垂玉温泉,因为是瀑布温泉,有许多年轻人在那里嬉戏混浴。还有鹿儿岛的盐浸温泉,那是坂本龙马新婚旅行到过的地方。我听着有趣,想到她母亲的看管终究无效,不禁笑了起来。她发现我抬头看她了,脸一下就红了,像极了赤汤泉。”友人在一旁解释,那也是本地名汤,因色红如血得名。“我忙支开话,说以后还可陪她去更远些的地方,看道后、白滨和有马三大古汤,寻行基和尚、仁西上人和太阁秀吉的遗迹,但她更愿意去新泻的月冈温泉。月冈可是比此间菊地温泉更有名的美女汤,原汤一色翡翠绿,汤中的硫可弱化皮肤角质。信不信老太太下去,大姑娘上来。她听了,只是微笑……”起先,我只是出于礼貌才假充听客的,见有如此下文,好奇心顿起。但偏偏紧接着,老人的言语渐渐稀落,神情也跟着落寞了起来,只眼睛盯着钴蓝色的汤池,直至无话。

过了好一阵,他才又冒出一句:“你应该走一趟汤治旅的。”见我望文生义,猜出“汤治旅”的意思,他断断续续地说起群马县的草津温泉来。那是日本有名的“药出汤”,属强酸性,能杀菌排毒,只是温度太高,须降温后才可放人入浴。行汤的过程很有趣,先由汤长喊节拍,众人用特制的汤板拍打汤水，然后汤客才能依次入浴。尽管如此，每人至多三分钟。当地人管这个叫“时间汤”。我正啧啧称奇，没防备他直直地问：“你不觉得人生就像时间汤吗？”我一愣，待回过神，心下不禁收紧。串连起前景后迹，该不会那一次筋汤之行后再无下文，又或许后来突生变故，种种机缘不巧，或病或嫁，或自己的不是，竟至于彼此错过，永隔天壤……但这一切都不是我能深问的，只在回程中，一路感叹天不从人愿，正如这温泉能治百病，独不管情伤。

路　明

我家弄堂

1

它是上海最著名的弄堂，它是凝固了的时光。南京西路1025号，静安别墅。

上世纪二十年代，南浔富商买下这块地，建起了十二排三层红砖洋房，轰动上海滩。雕花地砖，花园庭院，阳台带巴洛克风格的纹饰。租金贵得离谱，要用金条支付，因此第一代居民大多是洋行上班的高级白领。张爱玲在《色戒》中写到的“印度珠宝店”、“西比利亚皮货店”和“凯司令咖啡馆”，就开在弄堂口。

三四十年代，这里往来着诸多名门望族成员和社会名流,蔡元培、于右任、郑小秋都曾在此小住。当然也不乏众多姨太太、交际花,以及国际间谍。孔祥熙在一九四二年购得大部分静安别墅产业,后委托美商中国营业公司经租。小时候有老人跟我讲,房子是孔先生的,将来等台湾统一,要还给孔家的。

锣鼓声中,工人阶级搬进了静安别墅。一栋小楼硬塞进去八九户人家。公用浴室、公用阳台、公用“灶披间”(编注:沪语,意思是“厨房”),甚至每一只水龙头都是公用的。家家建阁楼、搭棚户,各显神通,十几平米愣是可以住四代人。一九六六年美新老板“屋里厢”(编注:沪语,意思是“家里”)抽水马桶堵塞,房管所来人一捅,下水管里捅出一卷卷美钞。类似的花边新闻,至今仍为老房客所津津乐道。

九十年代起,附近的老弄堂一个接一个拆了,相继建起了波特曼、梅龙镇、中兴泰富、恒隆这样的摩天大楼。静安别墅的居民心动了。多年来,他们受够了早起抢马桶的日子,眼馋那些煤卫独用的两室一厅,又不情愿搬到彭浦、江桥这些“下只角”(编注:沪语,与“上只角”相对,指在文化、语言、居住区域上属于下层阶级),觉得“坍台”(编注:沪语,意思是“丢脸”)。住在静安别墅再有诸多不便,可讲出去多少是个身份。他们无比期待着拆迁的那天，潜意识里却又在抗拒。一时间，小道新闻漫天飞，阿婆们见面不再是小黄鱼几钿一斤，而是："有撒讲法哦?"晚饭后弄堂里走一圈，能听到七八种"内部消息"。二〇〇二年，静安别墅名列上海市历史保护建筑，确定不会拆。有些人难掩失望，有些人却松了一口气。几分惆怅，几分自豪。他们自嘲，这回想当乡下人都当不上了。每天仍旧为谁家霸占厕所太久，谁家自来水多用了争吵不休。

我在这里出生，在这里长大。这是我的弄堂，也是我关于这座城市的最初记忆。

弄堂里，曾有家卖玩具的小铺子让我流连忘返。我最眼馋那个大擎天柱，天天跑去看。可我知道，四十块钱，相当于爹妈小半个月的工资，当年只有个体户家的小孩能玩得起。于是我揣着三毛钱一包的划炮，回头望一眼，恨恨而去。

除此之外，记忆中的童年没有阴霾，仿佛天天阳光灿烂，快乐得不真实。

2

大舅舅身高一米八，那时体院刚毕业，阳光俊朗，肌肉发达,算得上美男子。大舅舅跟一位姓林的小学老师谈朋友,下班回家匆匆扒几口饭,丢下饭碗就急着出门“轧马路”(编注:沪语,指情侣结伴逛街)。周末去“国泰”看外国电影,黑暗里偷偷香记面孔。到了谈婚论嫁的阶段,小林老师家里提出要有房子。大舅舅刚工作不久,等单位分房不现实。家里三十多平米,外公外婆外加两个舅舅,实在挤不出地方。几番谈判,对方家人终究不肯让步,两人无奈分手。小林老师离职去了日本。大舅舅消沉了一年多,娶了同一条弄堂的胖姑娘。胖姑娘家房子宽裕,可以搬过去住,不算入赘。家里的房子正好隔出一间,给小舅舅结婚用。

小时候,我经常从弄堂这头穿到那头,去大舅舅家找表妹玩。玩累了,我盯着墙上的结婚照发呆。大舅舅那么好看,浓眉大眼,鼻梁挺拔,周润发一样。有一回我撞见大舅妈气咻咻甩门而去,屋内一片狼藉,四岁大的表妹坐在地上哭,大舅舅脸色铁青,一言不发。原来是小林老师从日本回来了。她用打工的钱买下一套公寓,然后找到大舅舅,要跟他结婚。

大舅舅没有离婚,他舍不得大妹妹。小林老师哭着走了,我再也没有见过她。印象中她是一个时髦的女子,给我买过糖炒栗子和彩色橡皮,眉毛浓浓的,像钟楚红。

大舅舅后来跟人做生意，赔得倾家荡产。又借钱炒股，被债主追上门。最窘迫的时候他去教小孩子游泳，一天十个小时泡在水里，得了严重的风湿性关节炎。这些年他终于攒了点钱。有一次他喝了点酒，恶狠狠地对我说："我累死累活，就是想给你妹妹买套房。以后她可以找她喜欢的男生，不用考虑人家有没有房子。"

3

小时候弄堂里有家小小的幼儿园。有时我放学早，去幼儿园接表妹回家。表妹正在吃面，远远看见我，扔下小面碗往我怀里扑。

幼儿园的小伙伴大多也住在这条弄堂里，一路陪伴着上小学、升初中。谁又挨打了，谁喜欢过谁，谁家爸妈在闹离婚，大家都知道。表妹有个男同学，喜欢抠鼻子，绰号"鼻头污"（编注：沪语，意思是"鼻屎"）。小伙伴捣蛋，经常是一堆人在他家楼下齐声喊："鼻头污，鼻头污，上课去哉。"喊完一哄而散，嘻嘻哈哈无比开心。鼻头污的妈在楼上"骂山门"（编注：沪语，意思是"破口大骂”）:“小赤佬，讨打对哦?”

四年级时，鼻头污因心脏病去世，表妹哭得差点晕过去。走过他家楼下，窗开着，竹竿上晾着棉毛裤，丝瓜藤在风里开花，一个男孩不在了。表妹低下头，肩膀微微颤动，我听见她喃喃地说:“鼻头污，上课去哉。”

表妹爱哭，动不动就梨花带雨，据说是因为眼角长了颗滴泪痣。她继承了母亲的身材，多次减肥未果。有一次好像下定了决心，宣布不吃饭了，饿了只吃苹果。一周后见到表妹，红光满面，仿佛又胖了一圈。两大筐苹果被她吃没了，最高纪录是一天十六个。

高三时，她喜欢同班一个男生。表妹去操场看男生打篮球，给他拿外套、递饮料。男生成绩不好，表妹给他讲题。晚上等舅舅和舅妈睡了，偷偷煲电话粥。那是她最快乐的日子。高考前几天，鬼使神差地，她向男生表白，被拒绝。表妹魂不守舍，想哭又不敢哭，高考自然一塌糊涂。一志愿报了复旦的表妹，最后连一本线都没上。

表妹把自己关在房间里，谁都不见。那个男生来找她，敲了半天门不开。我在楼下堵住男生，一拳一拳地揍。男生满脸是血，倒在地上求饶:“阿哥放了我，阿哥放了我。”我恨恨地骂:“谁是你阿哥?”表妹突然从楼上冲下来,披头散发,一把推开我:“你神经病啊！滚!”

我气坏了,一个多月没去她家。等我再见到表妹时,她瘦了,完全是一个窈窕的姑娘,那颗滴泪痣也不见了。我扭过头去,不理她。

“哥,还生我气啊?”

这声音如此熟悉。还是那个扔下面碗、扑到我怀里的小姑娘。

4

107 号有家馄饨摊,开了三十年。老板五十多岁,天生跛足,打小被弄堂邻居唤作“阿跷”,馄饨摊也得到大名——跷脚馄饨。

馄饨氽熟,搁在海碗里,撒上葱花、紫菜、虾米、蛋皮,骨头汤一浇,十八只馄饨像十八名花样游泳队员一样齐齐浮起。撒一把胡椒粉,点几滴麻油,热腾腾、香喷喷。再要碗葱油拌面,拌上八宝辣酱,加酱蛋或是红烧大排。十几块钱,肚子滚圆。

每到周末,静安别墅里的人懒得做早饭,睡到太阳晒屁股,穿着睡衣趿着拖鞋,慢悠悠踱过来往阿跷店里一坐。一碗热气腾腾的馄饨下肚,再普通的日子也会觉得美好。

阿跷很上路,客人吃完馄饨自己往月饼盒里放钱找钱,他看都不看一眼;阿跷很庸俗,专门喜欢跟漂亮小姑娘调笑,还主动帮人家拌面;阿跷很大方,加面不要钱,心情好的时候再送一份八宝辣酱;阿跷脾气坏,店里的阿姨做事情不利索,他当着客人的面骂山门,有客人看不过去,跟他对骂;阿跷很辛苦,每天四五点亲自去菜场买肉,专挑最好的猪腿肉;阿跷很刺头,每次弄堂整顿无证商铺,他都是最难搞的一个;阿跷很狡猾,前只脚刚和朋友讨论换宝马几系,后只脚就跟记者哭穷,说过不下去。总而言之,这是一个勤劳的人,一个精明的人,一个脱离不了低级趣味的人,一个有益于人民的人。

馄饨摊的名字越来越响,一到饭点就人潮汹涌。大多是年轻人,馄饨端上来先拍照,一边吃一边发微博。还有人刚下飞机就拖着拉杆箱找来,阿跷一见拉杆箱就高兴,趟趟送酱蛋。老邻居不高兴排队,提前给阿跷打个招呼,拎一份生馄饨回家,辅料都配好,下锅一煮就能吃。

这些年,房价翻了两三倍,阿跷家的馄饨还是五块。不少人劝阿跷:“可以涨价咪。”要么是:“阿跷,开家分店吧。”阿跷笑笑:“混混么好了呀。”

5

光头爷叔在阿跷店里帮忙。跟爷叔混熟了,他会悄悄在我的拌面底下塞一块大排,不收钱。爷叔是个有故事的人,闯荡过天南海北。前几年,朋友从新疆给他带来一只鹰。鹰通人性,可脾气倔强,得熬。熬鹰,说白了就是不让鹰睡觉,消磨掉它的野性。鹰不睡,人也不睡。光头爷叔每天灌五大杯咖啡,实在撑不住就打个盹,脚上绑绳子连着鹰架,几分钟晃一下。熬到第七天,爷叔撑不住,睡死过去,醒来时一双鹰眼正挑衅地盯着他。

第一次没熬成,双方打了个平手。一年后,爷叔借了朋友家郊区的大房子,再熬。鹰终于服帖,认了这个主人。

爷叔喜欢这只鹰,叫它囡囡。爷叔对囡囡真不错,三天两头买麻雀肉、鸽子肉、兔子肉,还到处托朋友买活蛇。有时爷叔熬夜打游戏,囡囡觉得打扰自己休息,不开心了,飞过去两爪一伸,“啪”的一声把笔记本合上,像扑兔子一样利索。爷叔告饶:“再玩会儿,再玩会儿。”“好吧,那就一会儿。”十分钟不结束,囡囡又飞过去合上。有一次爷叔正玩在兴头上,打了囡囡一下。囡囡气极,愤而离家出走,也不飞远,就在窗台前晃荡,不吃不喝不理不睬。到了第三天,爷叔心疼了,买了鸽子肉切成细条,趴在窗口招呼。囡囡不睬。爷叔赔不是:"囡囡不生气啦,爷叔错啦,错啦好不好,再也不打你啦。"半晌,囡囡掉转过头,飞过来一口把肉叼走。于是爷俩重归于好。

囡囡常在静安别墅上空盘旋,肚子饿了自己回家,附近的居民吓得不敢养鸽子。下午是囡囡的散步时间,站在爷叔肩膀上,一副睥睨众生的模样,引来众多姑娘怯生生搭话。爷叔大出风头。一次遇见某晚报小胖记者,相聊甚欢。交换数根烟后,小胖记者端起相机,为爷叔拍了多张威风凛凛的照片。报道登出,多家媒体跟进,爷叔火了。有关部门也出来说话,说居民区不能养鹰,得送动物园。接着消防、城管、居委会纷纷上门。爷叔意识到,囡囡大概保不住了。爷叔大哭了一场,囡囡不声不响地看着他。

那一天终于到来。囡囡被关进铁笼,凄厉地嘶叫,爷叔面如死灰,拉住动物园饲养员的手不肯放:"对它好点,对它好点。"一连数天,爷叔闭门不出,茶饭不思。正躺着生闷气,有人"笃笃"敲门,原来是小胖记者来做后续报道。爷叔大吼一声:“还我的鸟!”操起一把菜刀,撵得小胖记者满弄堂乱窜。

6

年轻人发现了静安别墅。寸土寸金、摩登时尚的南京西路,居然有这么一处安谧的所在。

128 号开了家丝袜奶茶铺,许老伯亲手调制,三花淡奶和太古砂糖的比例拿捏得刚刚好。慢慢地小铺有了口碑,不少白领中午特地赶来,买杯奶茶捧着去上班。生意兴隆时,一天能卖出四百杯。后来弄堂里又冒出三四家丝袜奶茶。有人不辨真假,干脆一家一家喝过来,“味道好像都不错”。

文艺青年纷至沓来。最早是 162 号的格子咖啡,随后各家茶舍、咖啡馆、画廊、青瓷店、手工工作室、服饰店、寿司屋雨后春笋般冒出来。居然还开了家青年旅舍,提供八个床位和一间小小的阳光房。

它们藏身于肋骨般的支弄里,夹杂在普通民居之间,靠黑色铁门上的小招牌才能认出它们。这里是十年前的田子坊,是生活着的新天地。没那么时尚,没那么商业。像走在童年的记忆里,空气中是老上海的味道。

我喜欢 144 号的“茶事”,布置简单素雅,墙上的挂钟永远指向两点半——午后两点半是喝茶的最好时间。

136 号是有名的“2666 图书馆”,老板钱小昆不太愿意解释店名的来历:“哎呀太弱了,不要问我这个问题。”

《2666》是智利作家罗贝托·波拉尼奥一部小说的名字,老板推崇这部小说,也希望这家私人图书馆能走得更远,“比如开到 2666 年”。房间不大,木头家具,暖色灯光,四个直达天花板的大书橱。每周末这里举办文学讲座、读书沙龙、旅行分享会、深夜电影放映活动、迷你音乐会,人气旺盛。工作日则一般生意清淡,我常去看书,店里就我一人,点杯咖啡就可以坐一下午。咖啡味道一般,老板自己都承认。好在书不错,看店的女孩子也漂亮。

静安别墅不缺漂亮女孩。这里的十几家咖啡馆,每家都坐着一个声称“不爱上班”的姑娘。姑娘们瘦、森、冷,上班就是对着苹果笔记本,不怎么理人。她们抽 ESSE,穿小碎花布裙子,戴大耳环。你若夸她文艺,她白你一眼:“你才文艺,你全家都是文艺女青年。”

抓米在法国学习花艺,当初为了一段“奋不顾身”

的感情,“说走就走”来到上海,在静安别墅觅得个门面,开了家“抓米的花作坊”。感情不在了,作坊还在。

抓米习惯熬夜,睡几个小时,爬起来去花市挑选最新鲜的花。回家补个觉,下午做花。门开着,朋友们随时过来坐。晚上的活动丰富多彩,party、舞会、各式饭局、跟闺蜜看电影。细细打扮一番,花枝招展出门。

这类文艺小店,真正能赚钱的不多。“如果怀着功利心,还是不要来这里了。”81 号“小鸡啄米”的老板娘 Season 说。老板们好像没把盈利太当回事,过得去就好。他们更在意这种慵懒的日子和浓浓的弄堂生活气息。有人羡慕他们的勇气,也有人说他们装逼。

7

日子久了,店铺和居民间的矛盾逐渐凸显。不断有居民投诉油烟太大、找不到停车位,以及深夜的喧哗。这里开了八十七家店,几乎全是无证经营的“黑商铺”。倒不是老板都愿意开黑商铺,阿跷申请了好几次,营业执照一直批不下来。弄堂是民居,不批准商业用途。

风声紧了,据说某位高层发了话,弄堂里一夜之间装了几十只摄像头。种种迹象表明，这回要动真格了。

八月底，众多咖啡馆齐齐关门，奶茶铺和馄饨摊一道打烊。抓米和她的小伙伴们几乎一夜间搬走，弄堂冷清了许多。

九月的一天，工商、城管、食药监、消防、公安等多部门组成的几百人联合工作组开进静安别墅。剃头师傅“小扬州”出门避风头，回来发现大门洞开，理发工具全被端走。

阿跷的馄饨摊是重点整顿对象。凉棚被拆掉，阿跷被两个武警押着，眼睁睁看着锅碗瓢盆、桌子椅子、找零钱的月饼盒，一件件被搬走。店里的老伙计指着摄影记者的鼻子骂：“拍什么拍，你也是个走狗！”

8

弄堂前后大门安装了电子门禁系统，进出需刷卡。这等于彻底断了黑商铺的活路。一些附近的居民颇不习惯：“走了几十年的弄堂，怎么就不让走了？”

我有个诗人朋友，开店三年，赔了个底朝天。离开时他写道：

你在心上加了锁
对每一个试图往里张望的人说
不许进来
除非住在这里

——致静安别墅

抓米搬到兴国路，继续开她的花作坊。“2666 图书馆”倒闭，没能开到 2666 年。丝袜奶茶去吴江路租了个门面，月租一万七千块，生意也不如从前。跷脚馄饨挪到弄堂后门的威海路上，阿跷和老婆每天在家里包馄饨，煎大排，三轮车一趟趟送到店里。店面小得可怜，生意依旧火爆。路人停住脚步：“老早静安别墅那家对哦？”

静安别墅恢复了往日的模样。秋天的午后，桂花静静地开，阿婆坐在阳光下打瞌睡。黄昏，家家忙着收衣服，公用灶披间飘出煎带鱼的焦香。谁家的孩子在练小提琴，琴声如诉。

或许曾经，我们在这条弄堂里擦肩而过。

夜里，万籁俱寂。贴着床板，能听见地铁二号线在地下穿行的轰鸣。老房子跟着轻轻摇晃，像摇篮，像叹息。

舒飞廉

江豚拜月

文人写长江,我爱读杜甫与苏轼。杜甫五十入蜀,诗与人俱老,恰合长江上游的鬼斧与神工,“白帝高为三峡镇,瞿塘险过百牢关”,即便三峡大坝万年不倒,读者也可由他的诗里,领教夷陵以上长江的雄奇之气。苏轼来黄州,经历他“中年的黑暗”,仕途黯淡,文章却如星斗焕发。《前赤壁赋》《后赤壁赋》《念奴娇·赤壁怀古》,这些诗文的主角,其实都是九曲回肠的长江中游,豪放与俊逸之外,又有特别的曲折、神秘与幽微,一种风行水上的灵。去找比喻的话,杜甫的“气”,是“风急天高猿啸哀”的猿啼,而苏轼的“灵”,则是《后赤壁赋》里那只“翅如车轮,玄裳缟衣”的黄鹤。

长江的灵气，是由地球亿万年的造化，东亚山地与平原上季风与雨水的往还，北纬三十度前后四季的交替，亘古草木鸟兽的蕃息，种种因素和合而成，灵气所钟，奇山丽水、绝妙诗文之外，还在于长江水系中游弋的水族。青草鲢鳙，白鱼、鲈鱼、鳜鱼，虾兵蟹将之外，最有意思的是龙。四海龙王，敖广敖明敖顺敖吉云云，是从印度的神话里转换过来的，由中国风土里产生的龙，它们的龙宫，当然是在洞庭湖中央。柳毅在陕西路途上遇到龙女风鬟雾鬓牧雨工，遂传书到潇湘洞庭，龙君掩面哭了，龙君的弟弟钱塘君刚肠激发，奋起而往泾河，行使巡视组的权力，将泾河龙子吃到肚子里。这个故事说明，洞庭的龙王其实管束着天下的江河。

在文本的世界里，长江龙“电目血舌，朱鳞火鬣”，兴云播雨，故事万千，在现实生活中，却只是文化的图腾，原型为何，众说纷纭，且不去管他。书中讲龙生九子，胎卵化湿，有囚牛、睚眦、嘲风、蒲牢、狻猊、赑屃、狴犴、螭吻、饕餮、麒麟、椒图、蚣蝮等，将奇形怪状的爬行动物与哺乳动物，特别是与水相关的，都包括在其中。赑屃多半是龟丞相，椒图可能是蚌壳姑娘，饕餮、睚眦可能是鳄鱼先生，而蚣蝮之类，恐怕已经微细到四脚蛇了，至于螭吻，则多半是鲸类。与洞庭龙宫对应起来的话，千百年来潜游在长江之中的鳄鱼、鲸鱼，它们都是龙子龙孙，龙的后裔。

根据动物学家与考古学家们的推测，马来鳄曾经布满了中国大陆，典籍之中，它的名字是“蛟”，曾经与周处在长江中缠斗，被韩愈写雄文祭送的蛟。马来鳄体长可达十米以上，可打败前来窥探它的老虎，但据说怕熊，熊能够机灵地用双掌夹住它们的臭嘴。马来鳄吃人，脾气有一点像钱塘君，春天来到的时候，它们由冬眠中醒来，发出春雷一般的吼叫。马来鳄活动的中心，大概就在洞庭湖周边的湖北、湖南地区，湖北之所以被称为“鄂”，即拜它们所赐。最后一只蛟被发现于一九一二年的香港，多半是因为气候变化、打蛟英雄的辈出，蛟龙随着中华民国的到来，由长江中告退了。

另外一种小型的鳄类，是众所周知的扬子鳄，古籍中的名字是“鼍龙”或“螭龙”，民间也有将它称为“猪婆龙”的。扬子鳄长足身量，长度会达到一两米，跟普通人的身高差不多，性情温驯，甚至有一些胆怯，由这点看，它有一点像那位洞庭龙君。从前在长江中下游地区，一般的陂塘上，都可能有扬子鳄迷宫一般的地洞。这个地洞之王，平日都在洞底昏昏欲睡，六月进入发情期，在夏天的大雨来临之前，会鼓鼓作声。《搜神记》中，即有母鼍化为美女与张福共宿的故事。江南的风俗,曾有婚宴上必食鼍肉,据周作人讲,“鼍鱼肉至美,白如鸡”,他由古书上翻到,自己倒没有吃过。扬子鳄的皮,又可用来蒙鼓与制鞋。大概到上世纪末,又好吃又好用的野生扬子鳄由长江的水系中绝踪,现在多半是靠人工养殖,在池沼与公园里繁衍了。

除一大一小的鳄鱼之外,长江中的鲸鱼,一是白鳍豚,一是江豚。经过好多年轰轰烈烈的保护白鳍豚的运动,这种长江中的“大熊猫”还是在新世纪开始的第一个十年里就宣告灭绝了。保存好白鳍豚的标本之后,武汉中科院水生生物研究所的科学家们,将他们的目光投向了江豚。与白鳍豚相比,江豚没有突出的尖吻,背上也没有鳍,乍看上去,好像挂了一张京戏的脸谱,有一个滑稽的笑脸。事实上,长江两岸的居民,多将之称为“江猪子”。

如果将龙族按血缘来排一个次序的话,马来鳄靠前,江豚恐怕要吊车尾。它们可算不上神龙不见首尾,常常三五成群,出没在风波里。从前人们坐船过江,就会看到船尾的江面上,江豚将灰黑的头背抬出水面,像小学校里的孩子们一样排成队戏水。毛泽东来武汉横渡大江,就有工作人员担心,说别让江猪子拱到了主席。

虽然在那样了不起的历史事件里，江豚并没有来随喜扮演仪仗队，可是第一次办渡江节的时候，武汉的游泳爱好者由中华门下水，奋勇游向武汉关，江豚的确成群结队地出现了，在一边"啪啪"地嬉水助兴。

江豚也是胆怯的，它们爱出没在江心的主航道里，这可能跟它们用声呐来感知世界有关系，视觉退化之后，岸上的世界变得混沌而危险。这种胆怯，在民间故事里，被认为是懒。段成式的《酉阳杂俎》，提到的"奔䱐"，多半就是江豚："奔䱐，一名瀱，非鱼非蛟，大如舡，长二三丈，色如鲇。有两乳在腹下，雄雌阴阳类人，取其子着岸上，声如婴儿啼。项上有孔，通头，气出吓吓作声，必大风，行者以为候。相传懒妇所化。杀一头，得膏三四斛，取之烧灯，照读书纺绩辄暗，照欢乐之处则明。"所以江豚也有"懒妇鱼"的说法。它的肉比不上扬子鳄，也不如中华鲟，与海中的鲸鱼一样，多半是用来熬鲸脂，至于为什么"照读书纺绩辄暗，照欢乐之处则明"，大约就像现在的 LED 灯似的，欢场必备，做台灯则嫌伤眼睛。

长相的混沌与性情的懒，让江豚的传说投射到性的方面，都缺少龙族应有的风流、精明与主动。《柳毅传》中的龙女为解开柳毅的心结，与之结为夫妇，费尽千辛万苦，而蛟龙与鼍龙也常常化身为美女或者俊男，“性致勃勃”地出现在人间的床榻上，江豚好像对这些都不太有兴趣。我家乡的民间故事集里有《江猪子的来历》，讲的是安陆府一位丧妻的穷秀才，与刚懂事的小女儿相依为命。秀才进京赶考，将女儿抵押给樊城的富人，后来秀才做了官，到樊城寻找女儿，女儿音讯全无。他去妓院狎妓，云收雨散之后，与妓女谈天，发现自己就是妓女的父亲。羞愤之下，父女俩相继投入窗外的汉江，父亲变成了白色的江猪，女儿变成了黑色的江猪，长年在府河、汉江与长江之间游弋。这个故事，在江汉间多有流传，版本也不少。传入神农架，跳入长江中的乱伦父女，父亲变成了黑江猪，女儿名叫“江珠儿”，变成了白江猪，龙王命令它们在长江中拱船，替龙王寻觅中意的宝贝。艄公们一见到它们游过来，就会敲着船沿喊：“不要脸的东西，还有脸见人？还不快躲起来！”据说江猪们听到这样的话，很快就会默默沉到水里去。

这样的故事，固然是被民间用来说明乱伦是多么可怕的禁忌，依托到江豚身上，却是因为江豚天性内向，缺少攻击性，所以它们在故事里，不是变成人，而是由人变回来，它们的性，也不是远距离的、充满了进攻与欺骗的，而是近的、羞愧的、应当极力回避的。即便是如此消极、潜隐，江豚的身上，依旧不乏龙性。段成式讲它们“必大风，行者以为候”，说的是江豚们能预知江上的风雨，在风雨来临之前发声。这种举动，渔民称之为江豚“拜风”。

我还听说过江豚“拜月”。长江到达武汉之后往北流，江中有白沙洲。之下是从前大名鼎鼎而今已淤积连接到汉阳的鹦鹉洲，再下是天兴洲，天兴洲以下是由黄州市团风县辖的罗霍洲，洲上白沙历历，荒草离离。我去拜访团风县的一位朋友，他的外公姓吴，就曾是罗霍洲上的渔民，年轻的时候驾着帆船在江上往来，在江洋剧盗的滋扰下向龙王讨生活。他结过两次婚，第一任的妻子与孩子，冻死在风雪交加的船舱里。我与八十余岁的老人家一起喝酒，听身体硬朗的老人家讲五六十余年前在长江里打鱼的经历。清碧的江水，种类繁多的鱼，江上的作业常令人惊喜交加。那时候他年轻有力气，春夏的晚上，会将船划到江心里撒网。明月之夜，江风阵阵，天上星河如沸，江面泛着粼粼的银光。“经常可以看到江猪子排成队，在江心里一拱一拱地拜月亮、参星斗，这东西，有灵性！”老吴大概在上世纪的七八十年代上岸，由渔民改作了跑长途车的司机，将网收到了阁楼上。团风县是熊十力、李四光、殷海光、包惠僧、林育南的家乡,长江再往下数十里,就流经当年苏轼驻足的黄州,他在那里“西望夏口,东望武昌,山川相缪,郁乎苍苍”。

就是这样龙性微弱的江豚,也面临着与我们作别的时刻。十年之前,科考队认定洞庭湖中还有三五百头江豚,如今他们判断,长江中下游的江湖里,尚在游弋的江豚恐怕不会超过一百头,混浊的江水使它们的视力进一步退化,频繁过往的轮船轰鸣的螺旋桨是头号杀手,长江中供这些“车流中的盲人”捕食的鱼虾已告枯竭——面对崩溃的长江生态系统,有了白鳍豚前车之鉴的科考队,宁愿将精力更多地放在江豚的人工繁衍上,正在为兴建江豚的世外桃源奔走。我觉得对江豚来讲,可能得考虑重返大海了,就像一千多年前,韩愈以《祭鳄文》劝告马来鳄们所说:“大海在其南,鲸鹏之大,虾蟹之细,无不容归,以生以食。”虽然大海中的白鲸蓝鲸抹香鲸诸兄弟,也在被日本的捕鲸船打扰,但“无不容归”的大海,总要好过刀光剑影、污浊沉滞的长江吧。

除乌龟与蚌壳之外,这将是最后的龙。它们消失之后,杜甫与苏轼吟咏过的长江,会光荣地成为帮我们运输物品的水上公路,成为我们伟大工厂的下水道。在工业时代,神话、田园与诗本来就是梦想。就像我现在,在武汉的黎明,离长江两三公里外的书房里写这篇文章,窗外的工地尚在轰鸣，听着江上汽笛声声，还去梦想远眺江豚出没拜月，“气出吓吓作声”。飞廉兄，这是多么地满肚皮不合时宜呀！

蔡　翔

洗　澡

那时候，人不像现在这么讲究，不过，活得也挺欢。

杨绛有部小说，书名就叫《洗澡》。不过，那里面的“洗澡”是个政治隐喻，跟我要说的洗澡无关。

我要说的洗澡，就是洗澡，上海人叫“汏浴”。

我小的时候，一般上海人家里是没有浴缸的。我们住在曹杨新村，相对来说，比棚户区，甚至比有些石库门的住宅条件都要好点。几户人家合用一个厨房，也合用一个厕所。厕所，现在一般不叫厕所，叫“洗手间”，再高雅一点，也有叫“化妆间”的，它的本义倒是被深埋了。我有次去某饭店吃饭，中间内急，就问服务员洗手间在哪，服务员随手一指，角落里藏着一扇门，上书“茅房”二字,顿觉亲切。年轻时,在淮北下乡,当地茅房也不叫茅房,叫“茅坑”,屋子后面,围几根树枝,树影婆娑,中间挖一坑,“茅坑”二字是极贴切的。当年曹杨新村的厕所应该很现代了,有抽水马桶,现在叫“坐便器”,不过上点年纪的上海人,还是会说去买只抽水马桶。但是没有浴缸。角落里砌了个水池,二尺见方,一般是用来洗拖把的,小的时候天热,我们就站在水池里,自来水一开,“哗哗”地就冲洗起来。香皂一般是不用的,就用那种洗衣服的肥皂,当时叫“臭肥皂”。偶尔用次香皂,下去纳凉,小伙伴一闻,说声“娘娘腔”,丢人。渐渐长大,水池里站不下了。这时就要学大人,在厕所里放只大木盆,厨房的煤气灶上烧开水,水开了,就拎着只水壶,把水倒在盆里,然后加凉水,再然后就坐在盆里,用毛巾拖着水往身上擦。

那时候,上海的人家都是有木盆的,不过一般叫“脚盆”,大大小小,总有好几只,小的洗脚,大的洗澡。姑娘出嫁,嫁妆里也会有三只脚盆,大、中、小。脚盆漆得红光锃亮,当然,马桶也是不可少的。油漆慢慢地脱落了,这时候,就要再刷一遍。木盆的箍慢慢松动了,就会渗水。听到楼下有人喊:“箍桶。”大人就叫:“箍桶的,立一歇。”乡下有亲戚的,会请乡下亲戚做只新木盆。那木盆,不用红漆,用桐油,一层一层,锃光贼亮,楼里女人见了就赞。

冬天的时候,洗澡麻烦,衣服得一件一件脱,冷,而且还洗不舒服。要是几户人家一起洗,就得分先后,等不及的,就在房间里放只脚盆,拎冷水,再拎热水。这时候,就盼着去澡堂。

过去,曹杨新村有一家澡堂,叫“曹杨浴室”,就在电影院边上,当然现在是早就不见了。

去澡堂要花钱,所以一般不会去。过年了,大人就会给五分钱,说:“洗澡去。”这时就很欢乐,想:过年了。

然后,就开始约同学了,说好时间,相互叫,带上换洗的内衣,还有肥皂。那时的澡堂不提供肥皂,得自己带。

到澡堂门口,排队,买票,票是那种竹制的筹码。票分三等,一毛五、一毛、五分。一毛五是雅座,也就是一排躺椅并排放着,上面铺着浴巾;一毛是硬座,一排的硬木凳;五分就是立票了,洗完得立马走人。捏着竹筹,掀开门帘,一股热浪迎面而来,里面挤满了人:有穿衣服的,也有没穿衣服的;有躺着的,也有站着的;有高声说话的,也有在那里闭目养神的。几个服务员在忙,来回穿梭,一会儿取衣服,一会儿又放衣服。“热毛巾。”雅座上有人喊。“热毛巾来啦。”一条热毛巾从人群中飞过，很准确地落在那人手里。个个喜气洋洋。“立票。”我们喊。立票也没有，排队。我们就在那里排队。那时，上海流行排队，大家也习惯排队，而现在，排队却成了一种美德。过年了，买鱼买蹄髈就是我们的事。早早地去菜场，前后左右都是同学，放几块砖头，意思是“我们到了”，留一人看着，其他的人就躲到边上，开秤了，又一窝蜂地拥过来。也有女生白眼相看，小声埋怨：“戳气（编注：沪语，意思是“讨厌”）。”站在澡堂的外间排队，一暖和，就有点困。那时候，上海冬天冷，垫被不够，就再铺条稻草荐，盖被上，总是要堆些衣服。一觉醒来，挂在门上的毛巾冻得就像冰棍。“小鬼头，过来。”服务员在叫。我们一窝蜂地过去，忙乱地脱衣服。服务员拿着一根长长的叉杆，上海人叫“丫叉头”，一件一件套好，一下子就送到高高的挂钩上，走的时候，又一叉子把衣服拿下。

光着屁股往浴池跑。浴池在里间，雾气蒙蒙。浴池里挤满了人，有站着的，也有坐着的。我们挤到池边，找一空档坐下，两只脚先放进水里，觉得烫，但泡澡是一定要水烫的。这时，就要用水往身上一点一点浇，慢慢地习惯了，然后两条腿小心地往下伸，猛一下，站定，再慢慢一点一点地往下坐，水漫到屁股，再是腰，烫得刺心、痒，但真是舒服，然后一下坐定，水就浸到了脖子。靠在池边，两条腿抬起，一阵“扑通”。“小赤佬，勿要乱动。”旁边大人就要训斥。我们不听，挑衅似的继续“扑通”，大人也就不吱声了。水是浑浊的，大家站在浴池里擦肥皂，使劲搓，搓好了往水里一蹲，再一通搓，又站起，用毛巾往身上一搭，来回拉，这样几个回合，身上通红通红。水面上漂着一堆一堆的肥皂泡沫。我妈说，澡堂的水不脏，玉皇大帝封过的。我也没觉得脏。那时候，人不像现在这么讲究，不过，活得也挺欢。再说，我后来琢磨，浴池里都是肥皂沫，大概也挺杀菌。

边上有人在搓背，搁条长木凳，人趴那里，搓背师傅也光着身子，使劲搓，又往那人身上放条湿毛巾，“噼噼啪啪”一阵敲打。当然，小孩是不搓背的。

身子泡红了，也泡软了，然后起身，说：“走。”

走在街上，感觉不到一丝寒意，听到几声鞭炮，说：“过年啦。”

后来下乡，偶尔也会去县城，一般是家里寄了钱，五块。财大，就有点气粗。有钱没钱，轮流做东，一起进城。进城十八里，说是十八里，估摸总得有个三十里地。到城里，往往是中午，照例下馆子，要酒要菜，要白面馍。

酒足饭饱，出了门，风一吹，打个饱嗝，相互问："上哪儿？"互相答："汏浴。"如果是夏天，顺手买个瓜，就去洗澡。

县城浴室在后街，平房，小门脸儿。进屋，服务员迎过来，肩上搭条毛巾，扯着嗓子喊："客来了，六位，雅间请。"雅间在里屋，把瓜递给服务员，交代用井水镇着，就下池子。泡在烫水里，酒往上涌，一阵舒坦。

爬上池子，歪歪倒倒进了屋，服务员端来瓜，已切好。吃瓜，吃完瓜，抽烟，抽完烟，就睡着了。

一觉醒来，摸口袋，没钱了，就说："回家。"

出了城，眼前是条河。河面很宽，河边是渡口，没钱了，就脱衣服下水，跟着船慢慢地游过去。这个月得靠别人供养了。

太阳西下，一路野唱……

二〇〇〇年搬家，最高兴的是有了淋浴器，也有了淋浴房，热水一开，天天洗澡。可还是想着澡堂。

澡堂现在还有，大一点儿的叫"浴场"，小一点儿的叫"会所"，最近好像改叫"温泉"了，我也不知道上海什么时候有了温泉。

有点印象的是澡堂变成了桑拿，休息大厅是一色的软沙发，高级点儿的，沙发边上还有个小电视。可是，不能光屁股了,男男女女都有,得穿浴衣。穿上浴衣,就好像不是洗澡,而是来度假的。

浴池还是有的,但是多了个桑拿房。里面有个大铁炉,放的不知什么,用水浇,“哧哧”的热气,蒸得出汗,说是排毒。出汗排毒,有道理。过去在农村,老乡说:“三伏天推小车,吃铁也能消化。”意思是,出了那么多汗,不会得病。城里和乡下的区别是,乡下人靠劳动排毒,城里人开着车去健身房,出身汗,再开着车回去。

桑拿真心不错,但我还是喜欢泡澡池。我家楼下有个小浴室,下午半价,不贵。冬天,隔三岔五就去泡一下。后来小浴室关门了,赔钱。前几年在重庆,重庆温泉有名,但里面实在太大,东一个池,西一个池,且都在露天。转晕了,就想:这是泡澡呢,还是看野景?

记忆深的,是台北的温泉。阳明山,林语堂故居往上走,有家国际大旅社,清水墙面,旧得有点年纪了。要了间日式房,三个小时,九百新台币。进屋,盘腿坐下,要菜要啤酒,里间就开始放热水,说是浴缸,就一水泥砌的大池子,满满的硫磺味。这边厢喝酒,那边厢泡澡,轮着去。喝好泡好,下楼结账,连房间带酒钱,二千新台币。四个人,一个下午。说到桑拿,想起一个人,冯统一冯先生。统一兄是北京《读书》编辑吴彬的先生。京城奇人多,我认识的有两个,一个是阿城,另一个就是冯统一了。阿城自不待说,名满天下。到上海,随便哪个口袋一摸,不是秦砖,就是汉瓦,周易八卦,河洛天书,孙甘露孙老师佩服得五体投地,立马告别先锋,改做后勤。冯先生和阿城有得一比,两人的学问,小一半是从琉璃厂来的,没在琉璃厂走过,是不能谈传统的。冯先生年轻时在京城某大师门下行走,稀罕玩艺见了不少,后师从夏承焘夏先生,诗词曲赋,古玩字画,更是无所不精,无所不晓。二十年前,在杭州见统一兄,那时,统一兄改走西洋路线,西装短裤,白色长袜,长袜长到膝盖,棕色的小牛皮皮鞋,手里拿一英国雕花烟斗。统一兄奇人,也趣人。说起八十年代初到香港,倪匡引见金庸,金庸留饭。席间,问:“冯先生喝什么?”冯先生想:二锅头是说不得的,得说洋酒,杭州黄育海曾有名言,“洋酒中,好喝不过威士忌”。就答:“威士忌。”金庸手一摆,有人下去,稍顷送上一瓶威士忌。倪匡耳语:“冯先生你面子大,查先生只藏红酒,这威士忌……嘿嘿,现买的。”统一兄,一席古今中外,俘获无数女人心。到绍兴,妇女买霉干菜,也都谦虚地过来征求冯老师的意见。

再见冯统一,已是若干年后,在上海一茶室,这次,统一兄改着唐装。老板有钱,喜做雅人,闻得先生驾到,恭请鉴定镇馆古玩。先是田黄,看得统一兄两眼放光,再是青铜,冯先生摩挲良久,竟是舍不得放了。我在边上提醒:“缺点,说缺点。”上楼,入一雅室,室内置一古筝。冯先生大声说:“好,室雅何须大,只是……”老板眼睛就大了。“筝琶,商女之音,雅室还得古琴。”老板听了,立马叫手下:“听见没? 换,明天换古琴。”当然,冯先生这话在京城是不敢说的,张珊听了,立马会出人命。张珊,中央民族大学教授,古筝名家。不过,那一天茶钱倒是免了。

饭后,约着泡澡,统一兄赤条条地坐在桑拿房,“哧哧”的热气蒸得浑身通红。我早就逃之夭夭,统一兄乐不思蜀。蒸得兴起,出了桑拿房,跳进冷水池,大喊:“小二,加冰。”服务员赶着倒进一桶冰。再进桑拿房,又入冷水池,如是者三。再看冯统一,健硕如牛,已非昔日之文弱书生了。

我却依然如故,想着的是泡澡的乐趣,是少年时过年的欢乐。人老了,想想过去,也是可以的。

何立伟

无目的
亦无目的地的行走

有朋友在微信里约:“去东北好不好?”答曰:“好好好。”又在街头遇见朋友,说起邀伴出游:“到土耳其怎么样?”答曰:“好好好。”那日又同匡国泰、张卫在好友罗奇处宵夜,罗奇说:“待在长沙冒卵味,出去玩啵?”答曰:“好好好。”罗奇说:“好什么好,要走立刻就走!”翌日天一亮,一台陆地巡洋舰,“咚咚”地就坐了我们几个,径直奔雪峰山去。当年打日本,王耀武的司令部在山脚下,指挥雪峰山战役,歼敌三万余,为抗日战争最后一场会战。硝烟尽散去,旧址依然在,墙外一层黄泥斑驳,仍露出底子是青天白日旗,国破山河在。凭吊之后找到一农家，吃走地鸡、腊肉、油菜薹，又喝自酿谷酒，一嘴油沥沥。拍两百块钱到桌上，农家朝后退，摇手，鼓眼，说："不要这么多，不要这么多！"又走，无目的，亦无目的地，便是最自在的行脚。车开出一山坳，田地如手掌般摊开，是一种辽阔的迎迓。远山且淡淡，亦如细语呼喊。于是罗奇就把膝盖一拍，说直接往西藏开算了！这厮便是如此，脑壳一热，想干什么就干什么，八头骡子也拖他不住。有回他同学生日，他趿双拖鞋去赴宴，吃完走出酒店大门，想，过几日老子也过生日，就这样酒肉一顿，嘻哈一顿，很是无趣。就朝身边司机小王说："走，上车，往高速路开！"小王问："去哪儿？"答曰："上了高速再说。"于是上了。小王问："老板，到底要到哪里去？"答曰："往西藏开！"小王笑得难看，说："老板，你还是穿的拖鞋，再说我没带银行卡，现金只有两三千……"话未说完，他罗奇说："打电话，叫公司姜会计把钱打到卡上，再特快专递寄到成都。慌什么慌，先往成都开。"到了川地，拿到银行卡，遂添了旅游鞋、冲锋服，并一应用品，果然就去了西藏，游了一个月才回来，面如关公。生日是在布达拉宫脚下过的，一餐吃了一斤半青稞酒。与小饭店藏族老板称兄道弟，勾肩搭背照了相，一脸好似高原红。所以他这一说要直接往西藏开，并不是玩笑。但我们几位都有事，出来玩也只做了十天左右的打算，往西藏去，这点时间来回跑路都不够，怎么玩？我遂极力打消他的冲动，说了一堆磅礴的“真理”，旁边两位亦帮腔，刚开始他还硬着颈根说非去不可，到后来“真理”淹没了他，他也明白少数要服从多数的规则，遂哑默下来。刚才在农家他吃了差不多一斤谷酒，上车又吃了半茶缸自带的茅台，脑壳发热，显是酒精的作用。说了几句话他舌头就大了。我说：“你还是先到后头躺一阵，做梦也可以做到西藏去。”他猫腰从副驾驶位钻到后排去，终于躺下，那是他说的“卧铺”，垫了薄薄的毛毯。在吹鼾之前呢喃了一句话，大家都听清了：“去西藏几多好，车都是往云朵里头开。”

虽然没按他拍脑壳的冲动去西藏，这趟雪峰山之行也还是蛮快活的。后备箱里一箱半茅台，被他一路吹了个精光，大着舌头吼：“哦呀几多好，往山里头开，往山里头开，找个农家去吃走地鸡、腊麂子！”清晨，满山乳白浓雾，我们在雾里走，递烟，递声音，人生此刻盲目，然而亢奋。夜里，星子如石榴籽，一颗一颗掉在酒杯里，风凉凉的，蟋蟀在灶屋壁角唱夜歌，一句一句，解释古久的风月。

这便是我们人生的节目，说声往哪里去，拍屁股就走人。

因此凡有朋友邀约出游,我的第一反应就是“好好好”。其实旅行对我来说就是一种名义上好听的逃避。逃避什么呢?日常莫名的压力同无法释怀的焦虑。青山绿水,或异域风情,是生命最速效的解毒剂。服了就神清气爽,当风而立。

旅行当然要找到好地方,但是更要找到好旅伴。人有生气,江山便有生气,人无意味,江山亦无意味。有几回到好地方,回来人问:“怎么样?”答曰:“不怎么样。”原因就是去的人里头,有至为无趣者。此人将无趣传染给大家,亦顺便灭掉了风景。此处我也不打算下回再来,再来,勾起回忆,亦是不快。纵是名胜依山、风流伴水,也枉然。

比方罗奇一类角色就是好玩的旅伴。出行,随便定个大概的地方,这一路便是如苏东坡所说的“常行于所当行,常止于所不可不止”。消消停停,随遇而安,条条道路皆走得,故多意外。那年我们去云南,开了两台车,到一山上,已无行路,遂下车,进到寨子,原来是一寨子的傈僳族。见到一小学,小孩子跑出来,男男女女,一脸锅黑,但眉目好看。大热天,有小男孩竟戴了大皮帽,亦有不少小孩子穿过膝长的衣服,红的红,绿的绿,如要演出穿了戏装，显是接了哥哥姐姐或大人的穿。我们拿相机来拍照，孩子起哄，雀噪一片。老师说：“排队！排队！”就挤挤地排成队，探头探脑似杂树生花。后来老师说：“他们长这么大，从来没有照过相。”照完了，相机连接到手提电脑，呈现给他们看，他们笑而且叫，看见了自己，像被烫着，“呼”地朝后跳。老师又说：“他们长这么大，从来没看见过电脑。”老师是在昆明读的师范，吃国家粮，后来就当了我们的导游，在寨子里四处转。转之前，罗奇问老师这附近有商店没有，老师说只有一个小卖部。我们就跑到小卖部，买下所有的糖果、饼干等一切吃食及文具，甚至连高压锅也买下来，就是说，把整个小卖部买空了，我们捧着，让老师叫小学生排队，一一分发。然而不够。又问老师，还有哪里有小卖部，老师指了山脚下：“这里，那里。”于是我们又开车下山，“这里，那里”地把方圆十几里的三个小卖部的东西买个精光，送给学校让老师分发。接着呢，我们各人认领两个低年级的孩子，每个学期负责他们的学费，直到小学毕业。

之后我们在寨子里走，孩子们就跟在我们屁股后头，这是他们的节日。我喜欢那个“皮帽子”，一直就牵了他汗津津的手。

老师带我们到队长家吃饭，一只大鼎锅，墨黑，看不清锅里煮了什么,亦是墨黑。队长说:“好了,吃!”筷子夹出来的东西黑黑的,认不出,扔进嘴里怪怪地香,想必是肉,上头沾了树叶,必定是香料。罗奇把茅台倒进陶碗里,与队长碰碗,队长仰头喝光,脸如树皮,在暗暗的堂屋里闪着绿光。饭后我们坐在木晒台上,看群山青青蒙蒙,云在树顶上走。这时候世界皆在山外头了。我也喝了点酒,头有些晕乎。正好,日子只须醉眼看。

邵燕祥

萤火提灯

长夏忆儿时，暑假生活里，白天有蝉声相伴，晚间有萤火点睛，诗思、童话，都就此在星空下悄没声地飞舞起来。

十岁之前，我家住在北京东城一个小院里。沿南墙，一棵“郎家园”（编注：北京一个有名的枣树品种）一棵白枣树之间，除了野生的马蔺草，还有早晨盛开的喇叭花、傍晚盛开的草茉莉、几盆雍容的玉簪棒，簇拥着三五层灰砖垫脚的种着慈姑的绿釉水缸——比司马光幼年砸的缸要小些吧。

等到西天云烧火或火烧云退出舞台，天渐暗，远处现出星星，近处蝙蝠飞动，凉风从树梢下来了，回望南墙根，点点流萤，已经悄悄地提着灯游动多时。它们就在慈姑缸下，潮湿的砖缝附近，越过草丛，照着玉簪开谢的花棒，顶多绕到牵牛攀墙的细蔓周围，绝不再往高处走了。

一九四三年离开了那个小院，眨眼七十年。如果说那时北京土话把火柴叫"取灯（儿）"，启人遐思，也该给萤火虫起个名儿叫"提灯"。

七十年间我保存的，不止是记忆里的画面，更是置身其中的一种感觉。

当时迁居一处铺面房去，没有小小院落了，也再没有安逸的暑假让我重续跟萤火的前缘了。直到上世纪九十年代一个夏天到成都，随流沙河夫妇、黄一龙和曾伯炎同往青城山，暂住一位工人老师傅自家的"楠园"里，露天纳凉时发现了萤火，才重温了旧日夏夜特有的感觉。

前几年，一晚在密云水库南线往一条土路拐弯的草间，发现了孤零零一点萤火，唤起的却不是怀旧的闲情，竟是吴梅村一个痛极的残句：草间偷活！

应该不止我一个人偶然惦念萤火虫了。去年就看见有人捉了萤火虫卖的消息，觉得不是滋味。市场上有供总是因为有求吧。果然，有心人便有了创意，听说上海植物园、海洋馆开设了暑期夜访动植物的夏令营，家长带着孩子，黄昏五点钟入园，七点钟就可以“跟萤火虫亲密接触”了，不过人数有限。成规模的，据说厦门创建了“萤火虫公园”，是全国第一家，不知经营得怎么样。青岛中山公园从广西引进了一万只萤火虫，禁不起两万市民涌进来看，三天就有一半死去。萤火虫的生命是很脆弱的，正常情况下能存活七到十五天。它们要避光照、近清水、躲喧嚣，就因为环境越来越不合适，这才逐渐从城市消隐。人工培育后，被千里迢迢远道运来，喘息未定，就遇到人山人海，还有人拿手电照，用闪光灯拍，可不是加速了它们的死亡?！再说人工养殖，萤火虫并不是吃素的，它要吃蜗牛、螺蛳，是不是还得同时养殖大量的蜗牛之类啊?

唉！自然，大自然，是天生的，食物链也是经千百年(甚至千万年)形成的。所有这一切，破坏容易，要想一朝恢复，可就难上加难了。

萤火虫，萤火虫，我童年的朋友！我不曾捉过你，也不曾拿扇子扑过你(不管是轻罗小扇，还是大芭蕉扇)。然而，在你沦入生存困境的今天，我也无计可施，一筹莫展，爱莫能助啊！

冯世则

哎呀斑鸠

今年暮春时节，紫藤花谢了。某日晚饭桌上，女儿和帮忙家务的小胡报信说，紫藤架顶飞来一对斑鸠，正在那里“咕咕”地絮窝。饭后，女儿领着我轻手轻脚地去架下仰面观看，我老眼昏花，始终看不明白。反正随后的日子里断断续续地听她们说，它们在那里产卵、抱窝，从春到夏养大了一窝“咕咕”的鸠雏。

忽然有了如此可喜的房客，超出一向的奢望，因此再次想起名叫乔伊斯·基尔默(Joyce Kilmer)的美国人以《树》为题的诗——诗人显然是个爱树者——它开头的两行我曾在他处引过：“我相信我永远不会见到/一首诗有一棵树那么美好。”这次想起来的是比较靠后的两行——

> A tree that may in summer wear
> A nest of robins in her hair.
> (一棵树啊,她也许会在长夏,
> 戴一窝旅鸫,妆扮她的鬓发。)

鬓发如云而以鸟为饰,风姿何其嫣然,诗人的想象令人叹绝。我们的紫藤架如今居然也有了如此的盛装,真是高兴事。

在女儿家院子的西南角竖起L形的大木架,是我的主意,不种葡萄而种紫藤,也是我的主意。为的是记得徐渭的青藤书屋,只不过一时之间找不到青藤,种了紫藤也就是了。也许,紫藤青藤原就一回事,只不过我不知道?架下用装修剩余的瓷砖铺就一张大书桌,放几把折叠椅,这就可以不时前去坐坐、看书写字了。无奈紫藤长得慢,一年两年三年,还是稀稀疏疏,所以头些年只得在紫藤蔓下拉起一张大大的布幔遮阳庇荫。今年可不同了。不知道是因为环球气温变化,春来早,雨水多,还是因为给它们一棵棵上足了有机肥,三月里,江南莺飞草长,这北国的紫藤也开始吐芽舒蔓。到五月,已经枝繁叶茂，疯长起来，柔韧的藤蔓带着浅绿色的嫩芽从南西两面争先恐后地攀上L形的藤架，形成两道浓密的绿墙，再覆盖上一座绿色大屋顶，枝柯交错，层层叠叠，竟有一二尺厚。阳光撒不下来，从下往上看，目光也透不上去，用了三四年的布幔于是无人再提。一对斑鸠就落户在这一片深深浅浅、明暗掩映的绿色藤萝丛中。我跟着女儿去到紫藤架下，她指指点点，我仰头这看那看，但见深绿浅绿迷离一片，什么也看不清楚。最多，无非有一团绿色特别浓郁而发黑罢了，但我确实知道那儿真有一对斑鸠安居，正是：只在藤蔓中，绿深不知处。稍后，每逢清晨或黄昏气温适宜时，我夹着笔记本去紫藤架下写字，偶或听见它们的“咕咕”啼声，有时还听见扇动翅翼的声音。女儿说，是鸠爸鸠妈在轮流外出觅食，喂养它们的鸠儿鸠女。

城里生城里长的儿童有一桩天然的不利之处，就是未能“多识于鸟兽草木之名”。斑鸠却是我童年所知不多的鸟儿中的一种，而且确是因为“学乎诗”——在上个世纪三十年代初的小学国文课上，先生曾细细讲解《卫风·氓》里的两句：“于嗟鸠兮，无食桑葚。”为什么“无食”？先生解释说，桑葚糖分高，甜，尤其是盛夏烂熟的桑葚，斑鸠特别贪吃，它们不知道夏日炎炎，地表湿热，高糖分的桑葚掉到地上就会发酵成酒，斑鸠个子小，“饮少辄醉”，不用吃多少就会像醉鬼一样东倒西歪，站不直飞不起，遭到捕食。

“贵阳农业实验场的桑树林，那地方你们去过的，就有人去捕捉斑鸠……”

“逮它们干嘛?”

“杀肉吃。”

“哎呀——”好几个同学齐齐惊呼一声。

贵阳农业实验场的桑树林我们的确去过，除了三五同学结伴去玩耍，春秋两季我还跟家里人去上坟——爷爷冯懋棠公的坟墓就在桑树林的那一边。密密匝匝的一大片桑树，述说的已经不止于孟夫子“五亩之宅，树之以桑”的儒家小农经济之梦，而是从遥远的沿海地区传来的发展蚕桑、复兴农村的理想。那地方的桑树是按细致的规划栽培的，植株大小一致，行距、株距整齐划一。桑叶长齐时密不透风，形成一条条由绿色天幕覆盖的胡同。任凭你挑哪一条从哪个方向穿行，前后左右的绿色通道总是一个样子。我们路过或者专门去桑树林里玩耍，有时看见胡同远远的那一头有禽鸟，“树林阴翳，鸣声上下”，那就是斑鸠在啄食桑葚了。虽然，不等人走近它们就腾飞起来，避开了不让人仔细打量，但无论怎样，总是可爱的吧，尤其是三分酩酊、歪歪斜斜走路的模样。那样的一只只鸟儿，怎么可以去捉了来变成一盘菜？城里的孩子，且能上学读书，家道总不会太贫寒，也就不知道生活艰难，更不明白饥饿毁人——它先抽空人的胃，再抽空人的心——只觉得捉斑鸠杀肉吃是真正的杀风景，残酷，而且意外。

听得“哎呀”一声，先生举眼看看我们，接着说：“‘哎呀’说对了，‘于嗟’就是‘哎呀’的意思。‘哎呀鸠呀，别去吃桑葚了！’可惜，斑鸠听不懂诗人的劝告，还是会去吃桑葚的。它们饥饿，而且它们不知道人也会像它们那样忍饥挨饿，会像它们那样熬不住饥饿，更不懂得人有机心……”

为酩酊的斑鸠叹息和担忧，是上个世纪三十年代初童年时期的事，相去已经太遥远。那时，蒋委员长的中央军还没有开进西南三省，贵州还在由王家烈或毛光翔（哪一位军长？记不清了）统治，周西成——又一位割据一方的传统军阀，行事带三分传奇色彩——塑像还竖在铜像台，故乡贵阳如今还有那个地方吗？至于《诗经》记录的那一声长叹，那就更早，距离现在至少两千五百年，而今的世道可不同了，在人均 GDP 几千美元的中国，还会有人捕捉酩酊的鸠么？

有啊！而且同样地意外而残酷，尽管华北没有发酵的桑葚，鸠也并不酩酊。

去年秋天十月，某日下午四时，我和老伴按时去小区门口取报纸。出门走不多远，一拐弯便望见左侧列道树丛中异常的律动，仿佛两棵树之间系了一张吊床，在那里上下左右大幅度摇摆，但又不是吊床，比吊床小了许多。我心中一动，情知事情不好，赶紧快步上前。果然是一张粘鸟的丝网张在那里，一只斑鸠已然落网，正在拼命挣扎，羽毛凌乱，不复常态。我上前一步，左手轻轻托起了它，想用右手帮它解脱，但那网丝如此之细，秋阳之下这一段闪闪发光，那一段却全然无形，我根本看不见。也就在这一瞬间，它婴儿高烧似的体温和急如鼓点的心跳都传到我手上，还有它的眼睛，惊恐而且绝望。它没有向我求救，它只是奋力挣扎，但它显然已经开始脱力……

怎么办？

忽然有了主意，我朝前方五十米处的小区门卫室小跑，当值的保安应当能够解决问题——这些河北汉子都是当地人，各自的一亩三分耕地和宅基地都让给了开发商，成了无地农民，都住进了开发商给他们修建的七层楼房，少数几个幸运儿还当上了一月八百工资、一年一套制服的保安，在小区值班看门。张网粘鸟只能是他们干的事：小区住户不会这宗营生，粘鸟的网也唯有本地人才有，而别的本地人进不来小区。

当值的河北汉子保安从远处看着我小跑过来，此前大约也已看见了我想要解脱小鸟而未果，明白我的来意。“那网……”我气喘吁吁，一时还说不清楚，他就笑着接口了：“是我粘着玩的。”笑容带三分羞涩，三分尴尬。

“放了吧，行吗？”

他点点头，随即快步过去。我跟在后面，他背朝我，我看不见他的动作，也赶不上他的脚步。等我走到跟前，他已经把斑鸠握在手里，而后举手向空一掷。

请求保安释放斑鸠，是十月间的事。秋天已经来了，冬天还会远么？果然，现在已经是严冬。紫藤不常绿，一岁一枯荣，冬天里的枯枝败叶不再能提供庇护。即使一切平安，我们的小小房客一家子也该迁居了。而即使下一个春天如期而至，藤萝再次转绿而且孕育着一串串紫色的小花，它们还敢再来这里营巢、与我们结邻吗？既然遭遇了今秋那样的凶险。

恐怕不会了。

但也未必。“南山有鸟，北山张罗。”如今张着罗网的岂止北山？不来，又往哪里去？

这心情，是该轻松，还是该沉重？我不知道。

于嗟鸠兮，于嗟人兮！

张　蛰

我的野语文

说一句可能让我的语文老师们很生气的话，我打小对母语的敏感和兴趣全是来自语文课之外。

是的，刻板的语文课只是让我认识了一些字，这还是因为老师有鞋底和教鞭。他们的鞋底在当年的我看来都跟船一样，泰山压顶般就下来了。教鞭更厉害，敲在头上“啷啷”响，感觉头发丝里都疼。我经常看到被老师称为“笨蛋”的几个人使出吃奶的力气闭上眼睛，把脸缩成核桃状等待鞋底和教鞭的到来。那时候我们经常在惶恐中听鞋底的“噼噼啪啪”和教鞭的“啷啷啷啷”声，老师揍我们就像对待跟他较上劲的牲口，下手充满仇恨，毫不留情。在学校挨了老师的打是不会回家说的,那样只会得到大人的一句训斥:“老师咋不揍人家?我看揍得还轻!”在这样的环境下,我们成长得很茁壮,个个成了规格统一的野孩子:一看语文老师(当然也是数学老师)脱鞋底举教鞭,心里就打哆嗦,在“噼噼啪啪”和“啷啷啷啷”中涕泪横流,可一旦老师转身走开又立马喜笑颜开。

我虽不常挨语文老师的打,但也不喜欢他们的教鞭和鞋底,当然也不会喜欢他们严肃的脸,他们的脸和他们的语文课一样索然寡味。但我喜欢听书,听村上的老宁头说故事。老宁头是生产队里扶犁耙的好手,不犁地的季节就给生产队看庄稼,还是生产队的饲养员。他说书杂,也野,表情丰富,唾沫四飞,带骂人的口头语。《薛仁贵征西》《罗通扫北》《呼延庆打擂》都是从他满嘴脏话里听来的。他说书也模仿一到秋收后就走庄串村的那些说书艺人的腔调,喜欢把嗓音弄成破锣声。他说书时眼望远方,语气坚定,用沙哑成破锣般的噪音说:“话说小将罗成……”遇到节骨眼上他就打住,让我们给他割牛草。我们一帮人就替他割草。为快点听书,遇到有偷懒的家伙,我就急,就骂,人家也回骂,很快打在一起。老宁头从来不拉架,他只大声说:“揍他,看谁揍过谁!”我坚实的骨骼就是听老宁头说书的副产品。在苏北故黄河的漫滩上，天高地远，白云悠悠，耕牛甩尾，中秋时节的泥土味撞得人鼻头发凉。十岁的少年围成扇形坐在老宁头前方，听他自我陶醉、捏腔拿调地说："七爷罗成……"

每年秋后，庄稼人没活干了，靠嘴吃饭的说书艺人就到村上找好事者张罗，他们中的一个会在村中说上十天半个月，最后每家拿出一碗粮食。一副钢板、一把鼓槌、一架大鼓，是说书人的全部行头。再有一片随意的场子，好戏就可开始了。我不喜欢说书人的过门，"咚咚、咚、咚咚"敲半天鼓后还要扯开嗓子尖唱："钢板一打啊——响叮当哎——啊呀啊——"我喜欢他们"当啷"一声把钢板往案板上一砸的动作，鼓槌一点鼓面："列位看官！咱们上回书说到……"我不明白他们为何把听者说成看官，但真正的说书就此开始。乡间，几乎所有的说书人都嗓音沙哑，只是看谁沙哑得更耐听。记忆里就数一个叫老拐的嗓音最特别，他说《呼延庆打擂》比老宁头说得传神："列位看官，上回书说到呼延庆大闹东京汴梁，火烧半个京城，老太师庞文恨恨不已……"满场鸦雀无声，只有一种说不出什么味道的沙哑嗓音忽高忽低地在凉丝丝的黑夜里飘来荡去，一群粗鄙的乡村百姓或躺或坐或蹲，横七竖八地陶醉在这种声音带来的想象里。我就在那些明明灭灭的旱烟窝里瞪大了两眼，全神贯注，生怕漏掉了一处细节。

常常到半夜时，说书人一敲鼓面，说道："老少爷们，时候不早，咱明儿接着叙吧。"听者哪里愿意，乱哄哄七嘴八舌地嚷："再来一段！"被捧的说书人也总是在拿搪一番后再说一段。我总是精神抖擞，毫无睡意，直到结束才回味无穷地回家。好在爹也觉得念书是无所谓的事，每晚随我听到什么时候，并不催我回家睡觉。有一回第二天走在上学的路上，我嘴里正嘟嘟囔囔地说"老太师庞文恨恨不已"时，被人扇了后脑勺一巴掌，我的语文老师骂着夸道："小子学得像啊！"这是我在小学阶段得到的为数不多的几次夸奖之一。

除了本村，我还跑到外村去听书，有时还能跑五六里地去听，《秦英征西》就是跑这么远听到的。有时一伙人去，大人小孩都有，有时邀不到人就自个儿去，十二三岁吧，并不觉得夜晚有多可怕。去听书的人很多时，回来路上，夜深人静，田野空旷，月亮高挂或是星星满天，自会有人学唱："大鼓响来——啊——钢板敲啊——啊啊——呀——"嘹亮的唱腔在夜里一波波地荡出去，能引得远处人家的狗"汪汪"叫个不停。这个时候，我有一种莫名的满足后的兴奋。

听书的地方还有冬天生产队里的牛屋。人多得脚都插不下，烧牛粪，一屋子臭烘烘地暖和，老拐唾沫横飞地说唱《呼延庆打擂》，热得火车头帽子都戴不住。老宁头有一回偷偷塞给我一把料豆。怎么说呢，那时候牲口有时吃得比人好，牲口要干重活。就像在家庭里，男人干重活男人就吃干，女人只能吃稀，道理一样。

除了生产队里的牛屋，我还在乡村的集市上听过《小七侠五义》《薛刚反唐》。后来在大队的大喇叭里听刘兰芳说《岳飞传》，大喇叭就是好，我坐在野地里听，有时也躺在草丛里，有无限的想象。听《杨家将》时，我已读了中学，对学校每天在下午课外活动时播放《杨家将》感激不已。记得那时候放完《杨家将》就放歌曲《在希望的田野上》，我就觉得田野真是有希望。

因了听书，我还陆续读到了它们中的一些，现在想想很奇怪，那个时候从哪里弄来的书呢？在那个闭塞落后的乡野，在一群文盲和半文盲之中，书是谁弄来的？从哪里弄来的？不知道。只记得常常一夜不睡地读那些书，母亲叹息一灯油没了，爹总说不就一灯油嘛。也很奇怪，他从来不把读书当成有用的事，但怎么就能允许我一夜不睡、因读书而熬完一灯油呢？煤油多金贵啊，都是用鸡蛋换来的。

一九八五年，我告别那些与我一同在听书中长大的光腚伙伴去读大学。大学第一次写作课，老师对我说："你写作怎么有股说野书的味道呢？"看他的眼神，我心想，说野书又怎样呢？那是乡村人的文化生活，是乡野孩子的语文课，我在旷野里、在星光里、在牛粪堆里、在乡村集市里、在大喇叭里掌握的只能是野语文。

就是在这样的野语文里，我变成了一个热爱母语的人。今天，语文课相较于当年更加无趣，而当年的野语文环境也再难找到。很为如今的孩子可惜。

孟 晖

铜雀台
春梦
子敬书裙

1

“铜雀春深锁二乔”，如果翻成西班牙语，是不是得用“可能式完成时”时态？甚或要动用“虚拟式过去未完成时”？因为诗句所表达的纯粹是一种虚拟的可能，在真实的时空中一丝都不曾发生。诗人喜欢“立意必奇辟”（《瓯北诗话》），读者却或许就此产生误会的印象，以为铜雀台是类似隋炀帝“迷楼”的建筑，专供帝王骄奢淫逸之用。

曹操建铜雀台的本意何在？陆翙《邺中记》记载说，建安十五年至十八年，铜雀台及其南侧的金虎台、北侧的冰井台相继建成，到十六国时期，后赵国君石虎“更加崇饰，甚于魏初”。关于石虎时期的铜雀三台，《邺中记》的描述光怪陆离，然而，其中透露的一些信息却很关键：铜雀台上建起五层楼阁，同时在高台基中挖出两口深井，通过地道与台上相通，井中则贮满财宝、饮食；冰井台是在台顶建冰室，冰室内挖有深度达十五丈的大井多口。不过，这一处建在高台上的大窖虽然名为“冰室”，其实却是储存各种生存基本物资的仓库，深井里分别贮存着最重要的几种生活资料：有的井里藏冰，有的井里藏煤（石墨），有的井里藏粟米，有的井里藏盐。

最惊人之处在于，三台之间交通的空中阁道采用“浮桥”，也就是活动吊桥的形式。按书中的说法，这一对浮桥用“金屈戌”，也就是金属合页接合起一段又一段的桥面，“施则三台相通，废则中央悬绝也”。——利用连缀桥面的金属合页可以打开的功能，再结合其他一些必备的机关，将浮桥伸直，平铺在高台之间，便形成来往的通道；一旦将机关反向操作，各个合页收折起来，那么，浮桥的各节桥面也会两两折叠，三台之间的通道消失，作为主体的铜雀台便变成一座巍峨高耸、易守难攻的空中孤岛。如果这一记载属实，那么石虎时期的铜雀三台上已然运用了折叠伸缩式活动浮桥！

不难看出，石虎所完善的铜雀三台其实是一组非常强大的军事工程设施，其目的在于一旦外敌突然袭来时展开防卫战。三台均非常高大，所有房阁都建在台顶，这样就不易被敌人攻陷。台体的上部建有大量房屋，不仅可供上层贵族的重要人物暂时避难，同时还能容纳人数众多的军队将士。主台铜雀台内的一口深井贮藏财宝，部分承担了国库的功能；另一口深井则贮藏现成的饮料、食品，这是随时预备，一旦突然发生意外情况，撤退到台上的人们可以免受饥渴之苦。冰井台上的深井内贮藏冰、煤、粮食、盐，《邺中记》明确指出，意图在于“以备不虞”，防备各种突发的意外情况。显然，这是一批重要的战备物资，一旦邺都被外敌攻陷，国君率军队撤退到三台之上，利用冰井台内的储备，还可以坚守一段时间，等待远方援军的驰救。

粮食与盐足以维持人的生命，煤比木炭燃烧更持久，如果用于冬季供暖，能更高效地提供热量。那么冰呢？何以非要在高台之上藏冰？显然，是为了解决战备中最重要也最难解决的一项，水！

要在高台上打防守战，供应饮水是个极其困难的问题。且不说很难利用引水工程从湖河中将水抽汲到台上，即使建成这样的工程，在战时也会被敌军轻易破坏。另一种方案是在高台上直接挖水窖，但以当时的技术水平，无法解决窖壁的渗漏问题，水窖中的储水会慢慢渗干。因此，用储冰代替储水，是一个方便而又实用的计策。高台厚实的夯土台基可以发挥良好的隔温作用，让冬冰在台基体内的深井中长年不化，而固体的冰块当然无渗漏之虞，到了战时，便是洁净的水源。

石虎时期的铜雀三台虽然华丽辉煌，但仍然只是对于当初曹魏三台的扩充与完善。因此，可以推断，曹操在建安年间营建铜雀三台，一样是出于军事目的。实际上，《三国志·魏书·王脩传》里曾提到："严才反，与其徒属数十人攻掖门。"曹操当此变乱之际的反应，便是立刻撤到铜雀台上避险。

不可否认，曹操与石虎在建设铜雀三台的时候，都在高台上加设了富丽堂皇的宫阁建筑，让军事设施同时还具备政治功能以及享乐功能。例如，在冰井台顶，曹操就顺手给自己盖了座凉殿。不过，其实更该注意的倒是，冰井台创建于建安时期，故而在高台上设冰室，大量储藏冬冰作为水源，以此解决战时用水问题，这一妙计的专利权应属于曹操这位了不起的历史斗士。另外，也不能遗忘铜雀三台上曾经的折叠伸缩式活动浮桥。在军事工程学这一纯属男性的充满暴力与智慧、然而也闪烁美感的角斗场中，曹操与石虎的名字都曾被用发光的颜色写在浮沙上，然后被时光拂灭痕迹。

2

假如记载可信的话，虚龄二十一岁的苏轼在出川应试的路上，曾经在华清宫的废墟畔有过“春梦”一场——

> 轼初自蜀应举京师，道过华清宫，梦明皇令赋《太真妃裙带词》，觉而记之。今书赠何山潘大临邠老，云：“百叠漪漪水皱，六铢纵纵云轻。植立含风广殿，微闻环佩摇声。”元丰五年十月七日。

这是《东坡志林·梦寐》一章中以《记梦赋诗》为题的一则苏轼自述。然而，就在同一章中，稍后又出现了一条《梦中作靴铭》,说苏轼任职杭州的时候,梦见被宋神宗召入禁中,并有红衣女童捧来一只红靴,让他在靴上题写文词。“既毕进御,上极叹其敏,使宫女送出,睇睐裙带间有六言诗一首,云:‘百叠漪漪水皱,六铢纵纵云轻。植立含风广殿,微闻环佩摇声。’”一个男性梦见暗示着异性身体的女人裙带,要算典型的春梦了。关于第二场春梦,文献中还有一种说法,说是发生于苏轼在黄州之时。后人因此就觉得不解,一种春梦居然有两三个歧出的版本,这是什么意思呢?睡觉做梦还能做出一个系列剧?如果是编造的故事,那么又何必如此?

有意思的是,在宋人笔记中,宋神宗这位天子似乎屡与题有文人墨迹的女人裙带发生关系。南宋人王明清《挥麈余话》中记载一则轶事说,擅长书法的沈辽曾经应人之约在一条裙带上墨书题词,结果这条裙带被辗转买入宫中,居然由受宠皇妃系在了身上,初登君位的宋神宗看到之后大为不悦,定义为“士大夫……为倡优书淫冶之词于裙带”,导致沈辽最终被削籍为民。然而,《钱氏私志》中却有着情调截然相反的传说:有一年中秋之夜,时为翰林学士的王珪被宋神宗单独召入禁中“赐酒”,“夜漏下三鼓,上悦甚,令左右宫嫔各取领巾、裙带或团扇、手帕求诗”,而王珪则有求必应,挥笔不停,

“尽出一时新意，仍称其所长，如美貌者，必及其容色”，搞得皇帝与妃嫔们都非常高兴。

阅读文献可以看到，宋代女性热衷的时髦之一就是找机会请名士在自己的裙带、领巾之类服饰上题写诗词，并且那诗那词最好是名士当场即兴讴颂衣服主人之美好魅力的专题作品。文人们应约或主动向陌生女性献上赞美之词，只要意涵优雅，不涉亵狎，就不算耍流氓——不过他们的这类作品其实往往相当轻浮。这一风气是否也如笔记所述那般传入皇宫之中？皇妃、宫女们是否真的会把写有诗词的裙带系在身上？我们似乎没有理由怀疑古人文献的可信性。不管怎样，苏轼的两场春梦，都必须放在这一极特殊的风雅当中，才会容易理解。

“春梦一号”，其实暗含着相当软情色的情节——风华正茂的苏轼居然把自己的才华挥洒在了杨贵妃的裙带上。在传奇中，李白的三章《清平乐》也不过是写在金花笺上而已！如果苏轼真的曾经做过这样一个梦，那么无疑反映出他在初出茅庐之际的自信与自负，反映出他对不远未来的期许。“春梦二号”，含义就幽昧朦胧得多了。仅仅从情节的层面上来看，故事是说，苏轼当初那一场成功穿越时题上墨迹的杨贵妃的裙带，居然经由冥冥的力量再度穿越时空，出现在神宗身边的宫女身上，神宗在注意到这条裙带之后，特别宣召苏轼入宫，以题靴的方式检验了一下他的才华，最后，又特意派系有那条裙带的宫女送苏轼下殿，以此让他明白圣心的用意。这个所谓的“梦”大概是一个婉转的隐喻，也许是苏轼自己编排出来借以表述心迹的，也许干脆就是他人的杜撰，是人们对苏轼在那一段危厄时期的遭际的一种理想化、神秘化的解释。

其实，沈辽因题裙带而被黜，王珪在中秋夜于皇妃们的裙带上留墨，又怎能确定就是事实呢？也一样可能是一种隐喻，一种辗转地编排成型的传奇模式，一场宋代士大夫集体成就的春梦。有意思的是，在这一类型的明显是异性恋气质的春梦中，真正的梦中人其实是一个男人，一个至尊的男人——天子。坦白讲，相对于这一种春梦所蕴含的复杂纷纭的深层内容，我更满足于欣赏它在字面上的美丽。紧张、残酷、混乱，让所有卷入者在心理与生理上都备受伤害的政治斗争，却能催生出如此缠绵婉转的隐喻的表述，这，也是一种能力，一种极其丰盈的文化才能具有的能力，套用今天的话说，是真正的“软实力”。

3

少年沉睡在夏日的午后，一位风度翩翩的成年男子渐近的清悦屐声似乎也未能将他惊醒。男子走过来，对着不意间撞见的场景出神一会儿，信手拿起一旁案上的笔砚，坐到睡榻边，开始在少年束在腰间的一条新绢裙上纵笔题写诗赋。在一千六百年前的那个下午，后世人视为“百代之楷式”的“二王”书风，便如古老的流水一般，就着少年腰胯与腿股如山谷一般多变的起伏，于似云霞散落、闪着丝丝素光的裙衣上，随意宛转奔淌。

羊欣始终在熟睡吗？也可能他已朦胧醒来，却一直假寐，任凭王献之在自己的身体上，哦，是在以自己身体为衬胎的光洁素绢上，完成一次即兴的书法创作。《宋书·羊欣传》也没有记载，当时是否有蝉声，是否有微风划过帘影，只如此讲述：王献之将几幅裙片写满之后，忽然觉得兴尽，便搁笔离去，然而，正是被墨迹覆了一半的绢裙，让富有天赋的少年羊欣事后得以静心琢磨王献之书风的真谛所在，最终成为新一代的大家。或者，羊欣在假寐中感受到近在身畔的成熟艺术家执笔时最细微的呼吸韵律与动作起落的节奏，从而领悟到这一门艺术的神气吧。这里展现的是那个时代推崇的一种交往方式，交流不靠语言，甚至排斥面对面的相觑，以类似后世禅悟的风格，通过某种场合、某种情境、某种行为，让一方的感受与观念传达到另一方的心灵之中，形成一次神交。在“书裙”的过程中，王献之与羊欣彼此未交一言，甚至不曾有一次眼神的对接，但书法艺术的神髓却悄悄地完成了代际的传接，并且，这是一次“岩上无心云相逐”式的、偶然而随性的传接。

在现代文学中，我一向敬而远之的一个神话题材，就是艺术家要创造出伟大的作品，就得活得特痛苦，就得自我毁灭，尤其是得毁灭别人，比如模特情妇什么的。也许这是“资本主义时代的抒情诗人”的宿命吧。在晋代，中国历史上首批留下名字的杰出艺术家大多出身于贵族世家，可能正因如此，那个时代涉及艺术创造的轶事讲述的总是风度与格调。品味这些轶事的涵义，探索藏在其中的密码，似乎对于今人的心智和能力构成了某种考验。在关于王献之的几则创作故事中，竟然有两则都与少年以及白衣有关，是因为这位大书法家对于少年以及绢素特别敏感吗？为什么偏偏是少年与白衣？

据说一位“好事年少”特意制作了一件绝好料子的白纱长外衣——这个“狡童”显然了解王献之的癖

性——然后穿在身上登门造访。不出所料,艺术家立刻中计,欣然让少年脱下纱衣,由他在衣上放笔挥洒。这一刻王献之的兴致竟是春花勃发一般,不仅"草正诸体悉备",而且一直写到双袖上,还不过瘾,又转战衣缘的镶边。与"书裙"的过程不同,这一则故事中情节有着意外的转折,创作者几乎将一件长衣都写满了还意犹未尽,那兴起事端的少年却鲁莽地从他笔尖下将纱衣忽然掣走,夺路而逃。原来,少年察觉到王献之的门生们个个流露出意欲劫宝的神色。虽然他反应迅速,但还是刚跑出房门就被大家追上围住,一阵激烈的抢夺之后,纱衣裂成片片,少年只保住一只袖子。

究竟该怎样理解这两则似乎异常纯洁、清雅并且轻悦可爱的轶闻呢?从宋代起,文人们就忽略"书裙"一事中两位当事人的年龄差距,将之作为喻示士大夫知识分子之间知音与情谊的典故,元四家之一的倪瓒就有诗句云:"……潘郎狂嗜古,容我醉书裙。鼓枻他年去,相从远俗氛。"明人田艺蘅甚至批评说,他看到一幅《王子敬书羊欣白绢裙图》的画作,画中的羊欣居然是个三十多岁的中年人,完全违背史料信息。事实是,《宋书》记载羊欣时年十二,《法书要录》中虞龢的《论书表》则说他当时为十五六岁,与时任吴兴太守的王献之显然存在着未成年与成年的差异。因此，这个故事肯定不是在讲述同代朋友之间的知遇感。

据记载，羊欣“美言笑，善容止”，有着那个时代最重视的优雅举止与过人风度，不过王献之更是“虽闲居终日，容止不怠，风流为一时之冠”。因此，这也不大像是《死于威尼斯》那一类的故事。那么晋人的故事，到底该怎样去感受呢？

别的姑且不论，一旦穿上白绢或白纱的衣裳，竟足以催发一位艺术家的创作激情，东晋的少年们究竟曾经是怎样的神采动人哦！

唐吉慧

松雪斋的老先生

因为集藏名人书札，我和不少旧书商结下缘分，松雪斋的老先生是最熟悉的一位。他六十开外的年纪，稀松的头发掉了一大半，说话慢声细气，从来表情不多，很少有笑容能在他的圆脸上产生皱褶，像他店里的旧书那样没火气。每次我去他店里向他问好，他总悠悠地应一声“来啦”，而后取出身后柜子里的一次性杯子，添了茶叶，为我倒上茶，继续忙他手上的活计。他的书店在福建中路靠着一块小绿地，租的铺子，摆了四架子旧书，仅容得下三四人。我倒是喜欢，小小的，安安静静，比大书店温馨，比大书店神秘。店里的书随我翻，他从来不管。

书看累了，我便与他面对面坐着闲聊。曾听他讲起过一些旧事,“文革”前下乡务农,“文革”结束在一家厂里当工人,没别的嗜好,只是喜欢读点书,每月的工资生活之余全部买书,日子一久越积越多,干脆辞了公职当起书商来。老先生收得最多的是线装书,我不怎么有兴趣,只和他成交过几桩信札的小生意,信札是他收线装书时“打闷包”顺水搭进的。老先生会修线装书,我几次见他在店里拿着剪刀浆糊老纸在书上飞针走线、贴贴补补,修完一本,就倒放在书桌上用厚厚的字典压着。梁思成有回在扬州谈古建筑维修,说要“整旧如旧”,他指着自己的牙齿解释:“我的牙齿没有了,在美国装了这副义齿,因为上了年纪,所以不是纯白,略带点黄色,因此看不出是假牙。”老先生很赞同,说这和修线装书一个道理,不能焕然一新,不然卖不了好价钱。

我认识老先生五六年,老先生关照了我五六年。他收进的信札几乎都让我先挑先选,我从他这里陆续买走的张伯驹、郑逸梅、许姬传如今都成了我的案前珍赏。老先生推崇郑逸梅,劝我郑逸梅的书要读一些,正史固然好,但未必都可信,笔记杂著多的正是第一手原始资料。我在他那里买走的那一页郑逸梅写给画家申石伽的信,原来著录在一九八八年中州古籍出版社出版的《郑逸梅小品》里。郑逸梅豌豆大的毛笔字写在缠枝花卉的花笺上，独见清韵，信末盖了一枚红印“逸梅恶札”。“补白大王”逢人总谦逊自己病腕，写不了毛笔字，偏偏这页信札蕴藉温润不见恶俗，分明是纸帐铜瓶室飘出的一瓣古淡馨香。我问老先生是不是后悔卖给我，他仍然慢声细气，却露出难得的笑容：“是你缘分好，你买了我才放心。”有回谈到吕贞白，我觉得名气小，字画应少人问津。老先生说这一介穷书生有的是学问：“他的老师是张季直和父执夏敬观，懂碑版懂诗词，是个正统的文人，夏先生晚年不少文章多为他代笔，以后一定有人懂。”怪我年少浅薄，他的一件吕贞白墨迹半卖半送地给我，我没要。还有回他新收进一封赵朴初的信，问我要不要，说是和一个福建书商同时见到的，福建书商要买去掺伪骗人，他看不过去，就先了福建书商一步。老先生劝我拿下，我看了信，嫌信里家长里短太琐碎，品相更一般，也没要，现在想想后悔，辜负他一片心意了。

几年古籍拍卖收藏市场绚烂得如梦如幻，老先生奔波辗转在全国各个拍卖行，大拍小拍，春拍秋拍，版本不错、价钱合适的绝不错过，心爱的自己留着，其余拿到上海加利出手。他在南京与数位买家大战数十回合，购回了一套明万历二十四年南京国子监刊本《史记》一百三十卷，一直视为店内珍藏，任凭有藏家高价相商，从没舍得卖掉,这辈子算是经过风雨、见过彩虹了。那年我去北京出差,老先生正巧在北京参加一场拍卖会。我在电话里跟他抱怨北京好些的旅馆价格不便宜,他说拍卖公司为他安排了一个标间,让我搬去他那儿将就几晚无妨:“出门在外,能省就省些吧。”我怕给他添麻烦,最后还是租住了一家旅馆。北京办完事,我随他一起去拍卖会长见识。会场上他把我拉在身边,悄悄跟我讲解拍卖场上的奥妙玄机:“那几件拍品是假的,吴湖帆和俞平伯的题识款识干干瘪瘪分明描花,别看成交价格挺高,那是卖家和拍卖公司做的戏,我可不糊涂。”老先生斜斜白了一眼坐在前两排竞拍的一位买家,“那人正是卖家!”“这岂不是等于设了局?”我紧张地问他。“全是投机惹的祸,他们在演乾坤大挪移,以后这些东西假的都成真的了。会有人受蒙惑接手,那是用钱换了废纸了。拍卖行乱得一团糟。”老先生叹了口气,语重心长告诫我,“你以后千万小心,小心!”我似懂非懂,一边点头称是,一边望着他严肃凝沉的神情,对他顿生钦佩之心。

二〇一二年十二月初,一个阴冷的午后,老先生的朋友老胡突然来电话说老先生前两天癌症过世了。我呆住了。十月时曾与老先生通过电话,他说自己六月查出病症,八月手术出院,十月已无大碍,没想短短两个月，就此天人永隔。

老先生曾说送我一通陈从周的信，此后每次去他小店，临走他总要跟我道一声歉，缘由是家中书堆得杂乱，信在何处无从寻起，翻了几次无果。他要我宽下心，找到一定给我。转眼，我开始了在北京的求学。有天与好友走到琉璃厂某书商的店里取暖，书商知道我喜欢名人书札，拿了一封陈从周的书信给我看。书信共三页，写给王蘧常的公子王复孙。王蘧常与陈从周有师生之谊，大学时代，陈从周跟随王蘧常学习古文和历史。我看着陈从周的书信，开头几句读了叫人颇伤感："流光匆匆，令尊瑗仲恩师仙逝又将一年，缅念教诲之情无日不在怀想中……"我不禁想起了松雪斋，这些年和老先生交往的故事虽不算多，不算深刻，但他真是个好老头儿。我把这封陈从周的信要了下来，只为纪念一段与松雪斋老先生的故纸因缘：人散去，园梅零乱，又是去年闻雨时。

仁人与志士

关于夏丏尊老人的一件事

本人是一条书虫，从小到老，贪食又杂食。少年时没人给我开必读书目，当然就乱看。不幸迷上了武侠小说，虽然没迷到离家出走、入山求师的程度，却也偷偷地练过武功，例如在腿上绑铅，梦想飞檐走壁之类。

同时还看了些历史演义、社会言情小说，不像对武侠小说那样感兴趣。但有一部书是例外，张恨水的《金粉世家》。不但仔细看了，而且留下了相当深的印象，怅然若有所失，就像读了《红楼梦》之后那样。

时代已到了二十世纪三十年代了，作为一个初中生，"五四"以来的新文学在我却还是视而不见一般。

学校的图书馆里这方面的书并不少，一打下课铃我便往那里奔。书目卡片上，《寄小读者》《女神》《呐喊》《死水》《海滨故人》等书名，茅盾、巴金、老舍、冰心等笔名，我都眼熟得自然而然地记住了，然而从来没借过一本。每学期一开学都要去借出来重温一遍的书却是《野人记》《猿虎记》等共十本一套的“人猿泰山故事”。

抗战开始，我下乡躲敌机空袭，暂住农家。一位比我年长几岁、看的书也比我多的青年，听见我向人介绍《金粉世家》，他非常热心地叫我不可不读巴金的《家》。我自愧无知，赶紧去向人借来读了。

于是，一发而不可收，《家》《春》《秋》《雾》《雨》《电》……然后，《幻灭》《动摇》《追求》《雷雨》《日出》《原野》……一本接一本地狼吞虎咽。

侠客、剑仙、福尔摩斯、亚森·罗平……自然都一股脑儿弃之如敝屣了，不过也还是有所保留。自幼便读出味道的《水浒传》《西游记》《红楼梦》等旧小说仍然存放在记忆中。看到报刊上批评鸳蝴派的文章，就曾想过：难道《金粉世家》也算不上文学作品？

一九三八年，故乡沦陷，举家逃难到已成孤岛的上海洋场。失学的我愈加痛感到对知识的饥渴。“饥来驱我去”，就上图书馆。慈淑大楼上的申报图书馆、八仙桥的青年会图书馆，几乎每天必去。

挤在借书的窗口前等着，每天又只许借一本，很叫人不痛快。四马路是“文化街”，那里有我们可以揩油看书的书店。我在开明书店门市部找到了自由享受知识的安乐乡，它名列四大书店之一，但远不如“商务”和“中华”阔气，然而却诚心诚意地向求知者开放。从地板到天花板，四壁的书架上密密地插满了图书。如想取那最高处的书，尽可利用那摆在旁边的长梯子。店堂中静悄悄、空荡荡的。至今每一回想，整个店堂的画面如在目前，但就是想不起店里的店员。大概是因为，从来没有人来干预我看书，而我也从来没买过一本，以致我和他们相忘于知识的江湖了。

失学令我烦忧，自学的念头时时来诱我。我在那里流连忘返，正因为有那么多的开明版青年自学读物，任我取读。

从报刊上得知，叶绍钧、丰子恺等文化人已经去了大后方。留守“开明”的有夏丏尊老人。他译的《爱的教育》，我读过。还看过他和叶绍钧合写的《文心》和《文章例话》。

有一天，我又在那里享受着无人干扰的自学的自由，想起报刊上那条消息，仰望店堂楼板，忽然有了个念头:楼上便是编辑部吧,夏先生也在那里办公,何不向他请教一个自己弄不清的问题呢?

回家来便写了封信寄去。我问的是:《金粉世家》算不算文学作品。

很快就收到了他的回信。

这是七十年前的事了。那时我对夏丏尊是怎样的一个人,几乎是一无所知。

又过了四十几年,看曹聚仁的《我与我的世界》,书中有对自己的老师夏丏尊的回忆。

不像"五四"、"五卅"时代那些慷慨激昂的人物,夏丏尊想要做的是"得天下英才而育之"的教育家。他在浙江第一师范教书又兼舍监(训育主任),学生们怕他恨他,背后呼之为"夏木瓜",但他其实是个慈悲为怀的人。他的好友李叔同看破红尘遁入空门,夏丏尊仍想育人救世,于是做了虔诚的居士,参与创办了开明书店。

在那举世若狂、如水就下的北伐大革命时代,夏丏尊冷眼观世,热心救人。当他的学生头脑发热拿不定走哪条路,来向他求教时,他往往大浇冷水,一声棒喝道:"今天你们喊蒋介石万岁,明天杀你们头的也是蒋介石!"

一九二七年"四一二"政变,他的学生叶天底以"暴动”的罪名被国民党右派抓起来了。远离政治的夏丏尊不避嫌疑写信给老同事刘大白,为叶天底说项。诗人刘大白此时已荣任浙省教育厅长,回信责备他是“妇人之仁”,说什么“今天我们不杀他的头,将来他就会杀我们的头”。

叶天底也是李叔同的高足,书画、弹琴、刻印,人称“三绝”。李在西湖当了和尚,他上山去苦劝,恋恋不忍告别。当年有本畅销的《情书一束》,其中的一部分书信,写得缠绵悱恻,原是这位浪漫艺术家的手笔,却被他的情敌章衣萍署上了自己的名字。

当叶天底被抓时,不但已经不能“暴动”,连动一动也要像张静江(国民党元老)那样需要别人帮忙了。

处决的时候,同上法场的一共五人。叶天底是看着一张报纸被抬进去的。枪声响起,其他四个人一个个倒下去了,他这才把手中的报纸丢了,还朝已倒地的几位看了一眼。

怎能不叫人联想起魏晋名士嵇叔夜从容就义的风度呢?不过这里没有琴声,也没有“《广陵散》于今绝矣”的叹息,也不像瞿秋白长汀就义时的“国际悲歌歌一曲”。

夏丏尊老人给无知小子的那封回信,未能保存下来,这情有可原。尴尬的是,信里的内容再也回想不起来了。但由于有此一点点因缘,每读有关那个“大革命”时代的史料,往往会怦然心动,想起那封冒失的信,心里浮起一帧老人的剪影,严肃而慈祥,还有“杀人如草不闻声”的腥红背景。

董　桥

养　字

"何绍基临了多少年?"

"高小到初三。"

"喜欢他的字吗?"

"喜欢。"

"见过真迹?"

"见过不少,假的也多。"

"我家这几件你瞧一瞧。"

钱岚先生收藏许多字,不收画,书房书架上挂轴册页扇面一大堆,碑帖更多,砚石好几枚。带我去静园看望钱先生的学长说,钱先生一生教国文,一生爱字,是不写字的书艺专家。说不写字该是钱先生的谦辞,我看过钱先生写给学长的许多信，毛笔小行楷清超绝俗，七分像沈尹默。五十多年了，钱先生那时候住在新竹一条巷子里，很静。宅子不大，门前草木幽幽，客厅书房整洁雅致。是初秋，窗外桂树白花点点，微风吹来，房子里淡淡几阵清香。钱夫人说钱先生爱干净，家里脏乱要发脾气。钱夫人四十出头，钱先生的学生，后来娶的，发髻上插了一朵玉兰，清清素素的民国女子，国语带闽南口音。学长说她当年是厦门大学的校花，照顾钱先生照顾得细心。又说起钱先生八十几了，多病，心脏不宜劳累，我们聊了一个多钟头匆匆告辞。书房里那几件何绍基真迹真好，早岁作品圆润流美，温文沉实，晚年作品纵横恣肆，老而激荡，钱先生说子贞书艺最是性情际遇的流露，笔下缺陷之美也许正是通篇如歌如诉的关键。他说这位书法大家咸丰皇帝起初十分赏识，委他为四川学政之任，看他清廉勤政，敢任事，远权贵，奏本上说了许多真话，转眼惹来朝中大臣不满，纷纷谤讥，骂他奸诡，咸丰终以肆意妄言之罪罢了他的官职。那时候何绍基五十六岁。“官品出自人品，人品决定书品！”钱先生说。何绍基握笔悬肘我学不会。他晚年号蝯叟，一作猿臂叟，说是取李广猿臂弯弓之义，真难为他。先父说何绍基字上溯周秦两汉篆隶，下至六朝南北名碑，追究起来底子还是颜真卿，到老摆脱不掉。我小时候真的先练颜体再练何体，苦苦揣摩圆笔中锋，篆籀入行，以圆代方，写了好几年写不出头绪。十七岁到台湾求学，我有缘观摩倪元璐和台静农先生法书，爱上了，偷偷学，更难。父执张作梅先生要我专心经营何绍基，说经营熟了才变得出自己的风姿。张先生家里挂了我父亲一幅小中堂行楷，依了张先生雅命写范石湖一首《园林》：

园林随分有清凉，走遍人间梦几场。
铁砚磨成双鬓雪，桑弧射得一绳麻。
光阴画纸为棋局，事业看题检药囊。
受用切身如此尔，莫于身外更干忙。

张先生说我父亲一手何绍基比何绍基清贵，说何绍基宦海沉浮，笔下一股湖海风云气，我父亲一生澹泊，字里散发规整的庭园氛围，“临帖临碑是基本功，到头来字里的性情才是结局”。转眼父亲辞世。转眼钱先生辞世。转眼张先生辞世。再转眼，我七十二了。何绍基写不好，倪元璐和台静农终归是黑夜荒村人家的一盏灯火，忽明、忽灭，轻轻敲了敲柴扉也没有人应门：我的书法注定只配流露我浮泛的性情。今年孟夏归休无事，我天天练字，规定每天小楷写一纸诗笺，一幅写不满意再写，写到过了自己这一关才搁笔。溥心畬先生专用小对联尺寸的楹联，我也写。起初没经验，下笔字太肥，太大，怎么看都不顺眼，后来蘸饱了墨掭笔多掭四五下，笔瘦了，墨涩了，字小了，清超了，寄了一幅到美国给沈茵过目，她说她要，寄回来让我裱好还给她挂。我写的诗笺她也订了货，要陶渊明的《归去来兮辞》，准我只录正文不录序言，裱成瘦瘦的长条让她装镜框。字画装潢她最懂，浸淫几十年，溥儒的小品小画她都这样裱，说这样装裱远观清秀，近看典雅。早年砚香楼顾小姐说，看古画看过秦淮秀阁里的小字画都裱成瘦瘦一条，像临风的玉树。文人雅士都这样多事。我写小诗笺小行楷经历过一段苦恼摸索，练了好长时间都不称心。翻出箱子里我父亲几通信札夜夜观摹，似乎看出了一点窍门，再写，许多一直写不漂亮的字竟然漂亮了，写完了，整篇密密麻麻的小字有了纹理，浮现气韵，高兴极了。新加坡南洋画店替我大哥四哥开书展，命我助阵，我的诗笺小品卖掉一批，再补一批，也卖光了。南洋一位作家说我的诗笺逐字看不怎么样，通篇很好看。一语说破我写字的弊病和虚招。没办法，不是书法家的作品只能是这样了。写了几十年文稿，原稿纸上的字都那样赶出来，心急顾不了逐字的点染。

文人字的迷人处从来是名气不是书法。战前中国文人片纸只字近年拍卖场上红火不奇怪,看到喜欢的我也买过一些,弘一法师、周作人、俞平伯、胡适之、沈尹默、茅盾、老舍、沈从文、钱穆、台静农是我偏爱。朱自清当然要,但太贵买不起。《万象》杂志一九四四年一月新年号有一篇《闲话作家书法》,是一位书报校对贾兆明写给主编柯灵的长信,信上说周作人、老舍、赵景深、茅盾的稿子排字人欢迎;说老舍的字端正朴厚,猜想临的是颜体;林语堂小字用钢笔,毛笔大字像张裕钊体、郑孝胥体;赵景深喜用青莲墨色书写,摇曳多姿,像闺秀写的,跟真人的面团团胖墩墩不相称;李青崖、谢六逸、耿济之也都胖,但李青崖的字瘦劲有力,谢六逸、耿济之的字臃肿;茅盾原稿清楚,字写得并不好,笔划不完整,排字人容易认错。贾兆明说茅盾的字瘦削琐小,像他的体型;胡愈之的字形简微细,笔划省略极多;郑振铎的笔子很粗,字形很大,字字铺出格子外,添注涂改又多,校读费力,不像茅盾、丰子恺涂掉的字都画上"网眼块"盖上去;郑振铎毛笔字倒是很漂亮,颜鲁公体是底子,参上写经体,铁划银钩,《西谛所藏善本戏曲目录》里是他的笔迹;今人写经体要数钱玄同写得最好,娥媚妍丽,无一败笔，确是精品，连他的学生魏建功的写经体都像他。贾兆明说刘半农的行书也好，似乎也是写经体打底；沈尹默更了不得，行楷临《圣教序》，又参东坡体，太秀美了，楹帖大字还有魏碑意趣，更见功力；学问家还有章太炎的古雅小篆、苍老行书，王国维端庄的行楷，罗振玉小篆参商卜文字之意象。马叙伦、容庚他也称赞。他不喜欢胡适的字，说庸俗，说学东坡体又乏东坡之雄肆，虽见挺拔可惜一泻无余，像胡先生的文章那样明白畅晓而没有文学意味。挺拔其实也不容易。贾先生喜欢周作人的字，秀澹闲雅，没有烟火，跟鲁迅雄浑的笔力不一样。他说女作家的字都一个类型，陈衡哲、冰心、凌叔华、冯沅君、谢冰莹、沈樱、苏雪林、袁昌英，都纤秀。他还说白薇的字最怪，像蝌蚪；庐隐的毛笔字非常草率，别字也多，标点乱用，“她的不能永年，我们在她的书法里可以看到一些端倪”；丁玲的字细看也是闺阁体；胡也频的字偏粗，结构紧凑。贾兆明说沈从文临摹草书极有成就，毛笔字得益“二王”匪浅，钢笔字也好。他说沈寐叟写章草成了名，章草于是时髦，学写的人多，弟子王蓬常、陈柱都有名。作家原稿多带点行草味道，楷书写的文稿难得一见。楷书真是俞平伯、叶绍钧、王统照写得最佳。俞平伯的楷书有平原之刚、钟繇之丽，他的好朋友朱自清的字却拘谨朴素，一如其人。王统照得力于兰亭，复参以虞欧，写扇面册页不输俞平伯。叶绍钧楷书温润平正，开明书店有一部小学课本是他书写影印的，有声于时。叶绍钧的儿女亲家夏丏尊书法古雅，体近北魏诸碑，受弘一法师李叔同影响很深。弘一的张猛龙体最到家，弟子丰子恺也学，笔下很有北魏风度，可惜欠了遒劲。

我认识的女作家字写得漂亮的不少：林海音、杨绛、林文月、聂华苓、于梨华、方瑜。她们都练过字，文稿信札可以观赏。张充和更不必说，大书法家，写信用钢笔用圆珠笔都好看。还有张纫诗，岭南大诗家，一手兰亭体硬朗得要命，上世纪六十年代她的宜楼书斋好纸好笔随便我涂鸦，她瞄了一眼说："何子贞难学，还要下几年功夫！"张先生似乎格外推崇周鍊霞（周炼霞），说字好画好诗词更好。还说广东这边冯文凤的字最好，我买到她一副小楹联，写给红树室主人陆丹林，挂了几十年看不厌。张先生要我闲中抄录历代好诗好词好文章习字，说一边抄写一边练国文最管用。劳碌半辈子腾不出时间做她要我做的功课，现在归休，还了心愿，可惜张先生墓木已拱，满心悲叹。当年我在宜楼经常遇见不少岭南骚人墨客，老先生们都写得一手好字，境界跟北方和江浙文士大不相同，书法的风格尤其不太一样。这样说其实也没有根据。先是钱岚先生闲谈中谈过这样的感觉，后来台北一位书画商说同是字画，北方和江浙的作品价格往往高过广东福建这边的作品，抢手程度大有区别。我没有做过实际统计，当今拍卖行的销售数字应该比较准确。

钱岚先生收了一大盒现代文学作家的手稿信札，我匆匆翻阅了一下，几乎都是战前著名刊物的著名作家手迹，连朱自清都有两三件。还有叶公超、梁实秋、陈西滢、徐志摩、林徽因、陈梦家、郭沫若、曹禺、巴金。这些名家，贾兆明的《闲话作家书法》都不提。钱先生说是抗战时期靠北平上海出版界的朋友帮忙搜集的。他说人家是写字他是养字：把字都养在笈箧里。“养字”倒过来是“字养”，是抚养、养育的意思，郑板桥《潍县署中与舍弟第五书》里说：

> 写字作画是雅事，亦是俗事。大丈夫不能立功天地，字养生民，而以区区笔墨供人玩好，非俗事而何？

画家卖画，书家卖字，俗事中之大雅事也，何罪之有？郑板桥这几句议论倒是矫情了。我盘算着不是书家的作家卖字也许要挨骂。多位友人要我自定润笔我从来不敢。说穿了我只是积习难除，爱写字，爱练字，爱习字。字是要养的，要天天往笔下的字灌输养分，爱心呵护，字才会写得好。我是这样养字的，老了还要靠字养我。

一九六六年，钱岚先生去世两年，我回台北办些杂事，我的学长请我吃饭替我洗尘，我们在青田路那一区一家小饭馆吃台菜、喝米酒。学长那时候在航空公司做事，太太教小学，一位千金三岁半了，小家庭小日子过得很安逸。学长说年初他去过新竹给钱老师上香，钱夫人还住静园，她母亲从台中搬过去互相照应，钱先生生前一些学生也常去看望师母。听说静园那批书法藏品卖掉了十多件，价钱不低，钱夫人说不再卖了，搁一搁来日市价也许还要高。学长说他这个师母向来精明，钱老师泉下可以安心。那趟我在台北住了半个月，走的前一天我回请学长伉俪，学长说钱师母正巧也在台北，我们索性请她也来聚一聚。学长说师母爱吃西餐，饭局于是订在我住那家旅馆的西餐厅。我辈份没有学长高，没有上过钱先生的课，不能叫他老师。听惯学长叫师母，我慢慢也改口叫师母。叫师母比叫钱夫人顺口，况且她也说这样叫亲和多了:“钱夫人听起来倒像老民国的官太太了,生分!”她的装扮其实真有点像官太太,白天穿便装的官太太:旗袍清素里透着端庄,家常发髻微松,右鬓一绺秀发轻拂面颊,一双凤眼配上高高的鼻梁、深深的酒窝,气色倒比钱先生在世的时候焕发了些。那天晚上她谈兴很浓,说了许多钱先生的趣事,说钱先生晚年看上文徵明一部工楷册页,把王梦楼一部行书小手卷卖了做补贴。手卷转手了,册页到手了,细细一算,文徵明卖家打了折扣,王梦楼他竟一分钱都不肯减,过意不去,赶紧退了几百块美金给买家。买家是将门之后,眼看老先生那么顶真反倒不好意思,捧着两瓶陈年洋酒到静园叩谢,连连说老先生真是今之古人,钱先生听了说:“古人坏人多着呢,远远没有我厚道!”那天吃完饭我陪钱师母在旅馆门口等车,师母开玩笑学着钱先生的声调重说钱先生那天问我的话:“何绍基临了多少年?”我说高小到初三。师母下一句是:“喜欢他的字吗?”说完她双手捂着嘴巴大笑。天冷,有雨,上了出租车师母摇开玻璃窗说:“来静园看我!”我至今没去。也快五十年了。

后　记

收在这本散文集里的文章，都选自《文汇报》“笔会”副刊。这个创刊于1946年的副刊，逶迤走来，至今走过70年了，当仁不让地说，可以算是一直仍保持高品质的国内报纸副刊。作为纪念，想编一本集子，但是，又想与我们以往编的有些不一样。如何不一样？便引进“他者”的眼光吧。有朋友向我们推荐了广西师大出版社，他们这些年的出版成绩有目共睹，我们开始了接触。

第一次见面，就接到一瓢冷水：虽然文章都很好，但是，编选中不能强调“笔会”，不能强调“心灵史记”的编年痕迹，不是纪念集，也不是功劳簿。

那么,以什么为标准呢?

好文章。

好文章?

我们就在这样一个搁置了所有以往标准,模模糊糊以"好文章"为鹄的的状态中开始了摸索。重读笔会的文章,并假设自己是在更长的时间长廊里,更没有习气地偶遇……每一次选稿后和出版社编辑讨论,他们都很详细地提出读后的意见。我渐渐喜欢上他们反馈意见时温柔又肯定地说的那句:说不出什么理由,最主要的仍是一种"感觉"。

就这样反复几个月,这部书稿出现了。我看到后竟然先被感动了,我想:这就是一个不断磨洗,直至透明的过程吧!这透明,是一种"人"的透明。孔子所谓"思无邪",可以当之?可以不惭愧地说,这些文章,能够置身当代汉语写作的最高水平。连我都想拥有这样一册。是英华风发的伙伴,亦有淳厚耐读的底色;随身携带在上下班路上,可悠然出神。

笔会70周年纪念时,曾有作家形容:笔会的义法,如山河在,草木长,息壤生,在催发神理气味格律声色兼备的好文章。在这里抄录,不是把它当评语,且当作理想吧。

不仅写作是一个不断磨洗自身的过程，原来编辑也是呀。

现在，轮到您来发现，阅读——更是这样的磨洗。

2016年9月于上海

图书在版编目(CIP)数据

歌以言志/周毅,舒明主编. —桂林:广西师范大学出版社,2017.1
ISBN 978-7-5495-8888-6

Ⅰ.①歌… Ⅱ.①周… ②舒… Ⅲ.①散文集-中国-当代 Ⅳ.①I267

中国版本图书馆CIP数据核字(2016)第239227号

出品人:刘广汉
原　　编:周　毅　舒　明　潘向黎　陆　灏　谢　娟　吴东昆
封面作画:蔡　皋
责任编辑:阴牧云　谭思灏
装帧设计:黄　越

广西师范大学出版社出版发行
(广西桂林市中华路22号　　邮政编码:541001
网址:http://www.bbtpress.com)
出版人:张艺兵
全国新华书店经销
销售热线:021-31260822-882/883
山东鸿君杰文化发展有限公司印刷
(山东省淄博市桓台县寿济路13188号　邮政编码:256401)
开本:787mm×1 092mm　1/32
印张:7.75　字数:125千字
2017年1月第1版　2017年1月第1次印刷
定价:38.00元